商途

肖勇 著

内蒙古出版集团
内蒙古人民出版社

图书在版编目(CIP)数据

商途 / 肖勇著. -呼和浩特 : 内蒙古人民出版社,
2014.9

ISBN 978-7-204-13118-1

Ⅰ. ①商… Ⅱ. ①肖… Ⅲ. ①长篇小说-中国-当代
Ⅳ. ①I247.5

中国版本图书馆 CIP 数据核字(2014)第 234247 号

商 途

作　　者 肖　勇
选题策划 马燕茹　王　静
责任编辑 白　阳　马东源
责任校对 王　曼
封面设计 马东源
封面绘画 艾妮莎
出版发行 内蒙古出版集团　内蒙古人民出版社
地　　址 呼和浩特市新城区中山东路 8 号波士名人国际 B 座 5 楼
网　　址 http://www.nmgrmcbs.com
印　　刷 内蒙古爱信达教育印务有限责任公司
开　　本 710×1000　1/16
印　　张 9.5
字　　数 160 千
版　　次 2015 年 4 月第 1 版
印　　次 2015 年 4 月第 1 次印刷
印　　数 1—4000 册
书　　号 ISBN 978-7-204-13118-1/I · 2575
定　　价 26.00 元

图书营销部联系电话:(0471)3946299　3946300
如发现印装质量问题,请与我社联系。联系电话:(0471)3946120　3946169

上卷　伤弓雁落羽

嘉靖末年，山西大旱，赤地如焚，民不聊生。

河曲人燕满贵为活命，也为给家小省点粮草，不得不含泪走西口。

他推着一辆独轮车，满载砂锅，出雁门关，走杀虎口，长途跋涉，历尽艰辛，来到塞外小镇包克图，开始兜售砂锅，做起生平第一笔买卖。

隆庆五年，明蒙和好，于山西、甘肃、宁夏等地开放十一处互市。燕满贵抓住机会，把关外的蒙古马倒腾到关内，再把关内的盐和布倒腾到关外，挖掘了人生第一桶金，终于在包克图站住了脚跟，拥有了自家的小店铺。

燕满贵为自己的店铺起名“燕家商号”。

历经几代人勤俭经营，燕家商号越做越大。到燕子轩这一代，已是乾隆年间，燕家商号早就扬名大江南北。南到天子脚下的北京城，北到俄罗斯边境的恰克图，是凡有买卖人的地方，无不知道包克图有个燕家商号。

燕家商号的驼队也远近闻名。

几千峰骆驼的队伍浩浩荡荡，常年跋涉在张家口到包克图、包克图到恰克图、张家口到恰克图漫长的商道上，把南方的百货运到北方销售，又把北方的牲畜以及各类特产运往南方出手，来来往往之间获取着巨大的利润。无论是经营品种之多，运输规模之大，还是销售范围之广，在关外众多商号中都是首屈一指。

燕满贵发财后，于晚年，把包克图的商号交给儿孙，自己回老家山西河曲，盖起了一溜烟的房院，人称燕家大院。之后，经燕家几代人不断扩建和修饰，燕家大院愈加规模宏大和富丽堂皇，就像一面鲜艳的旗帜，飘扬在那片贫瘠多灾的土地上，鼓舞着一代又一代贫穷的山西人去走西口。

燕家祖上赤贫，山西又常年大旱，填饱肚子都是奢望，自然与私塾无缘。为了不活活饿死，才不得不走西口，没想到财神爷关照，一来二去就发财了。这一发财，就动了学文化的念头。不知从哪代起，燕家的子孙开始读私塾了。到燕子轩的太爷那辈儿，燕家已经完成了文化素养上的化蛹为蝶。燕家子孙各个温文尔雅，满口之乎者也，俨然是知书达理的乡绅大户子弟。

燕家大院内厅也挂上了“仁、义、孝、礼、信、忠、勤、俭”八个大字。

虽然早就过上了锦衣玉食、使奴唤婢的生活，但燕家一直恪守着一条很严格的家规。燕家子孙一满十八岁，必须走西口，到包克图的燕家商号历练，等到能独当一面的时候，就从父辈手中全盘接手商号，好让在塞外辛苦半生的父辈们回家乡享清福。而他们也要等到自己的儿侄们来接班，并且要把他们引上轨道，这才算完成了对家族的使命……

到燕子轩这辈儿，燕家一脉单传，只有他一个男丁，一晃十八岁了。小伙子非但人长得俊俏，书读得尤其好，还会几手拳脚，为人处世也没得挑。让燕家上下稀罕得不行。除他爷爷外，举家人都舍不得让他走西口。态度最强烈的居然是私塾先生，甚至要自己出钱送他去进京赶考。

燕老爷子思前想后，还是决定送孙子走西口。他把燕子轩叫到面前，只说了一句话：你爹塞外奔波劳碌半生，也该回家乡享清福了。

燕子轩怅然良久，毕恭毕敬地给爷爷鞠了一躬，说：孙儿去！

就这样，燕子轩虽不情愿，但还是远走塞外，来到包克图，从小伙计做起，随父亲学做生意。他天资聪颖，头脑精明，眼光独到，魄力十足，很快就青出于蓝，二十四岁就从父亲手中接管了燕家商号。

燕子轩绝对是商业奇才，把生意做得有声有色。尤其是茶叶买卖，已经通过恰克图互市，打入俄罗斯市场，成为该国最大的茶叶供应商。而且，关内几大牲畜交易市场的行市，也基本由燕家商号控制。

这时候的燕子轩也完成了人生的两件大事。一是娶了私塾先生的女儿沈玲玉为妻。这女子不但有沉鱼落雁之貌，而且知书达理、贤良淑德。成婚后，她执意随燕子轩来到包克图，照顾丈夫的起居生活，既是他的温柔枕，又是他的贤内助，不知羡煞了多少人。二是燕家有后，他喜得贵子。燕老太爷千里迢迢，派人快马传书，给太孙赐名燕南北。

燕子轩家庭生活幸福美满，事业蒸蒸日上。

横亘在他脚下的商途似乎坦坦荡荡，人生之旅更似乎一帆风顺。

然而，天有不测风云，人有旦夕祸福。

谁又能与命运抗争呢……

1. 风雪夜客

塞北蒙古高原南端,有个叫包克图的村子。

它南濒黄河,东西两侧为沃野千里的土默川和河套平原,色尔腾山、乌拉山、大青山横亘其间。有山有水,泉水潺潺,每到清晨,山中群鹿于泉边饮水,因此得名。

随着走西口的人大量涌入,而且大多从事商业贸易,这个村子逐步发展成为塞外最负盛名的商业集市。到清康熙年间,这里已经是个交通便利的水旱商业码头,人称“箔头”,后转称为“泊头”。

乾隆十四年的寒冬腊月。

包克图万籁俱寂,只有寒风呼啸,犹如鬼哭狼嚎。

怀记车马店门前的两盏灯笼在风中摇曳,仿佛两个红衣女郎激情的艳舞。只是一盏灯笼忽然熄了火,让这场午夜的演出魅力大减。

乔耀武和衣睡在土炕上,怀里搂着一条粗亮的扁担,鼻中发出轻微的鼾声,似乎正沉浸在香甜的睡梦中。

霍然,他睁开双眼,一个鲤鱼打挺从土炕上弹起来,飞脚踢开客房的后窗窜了出去。

与此同时,房门被猛地踢开,两条黑影扑进来,照炕头就是一顿乱砍,随即发现不对,窜出后窗,如狼似虎地追了出来,影子一般追在乔耀武身后。还有一黑影拦截在窗外,挥舞着大刀,迎面向他飞掠而来。

乔耀武在跑动中抖手一镖,直取迎面扑来的黑影的面门。那人似乎非常忌惮他的镖,一见他扬手,忙戛然止步,就地连打两个滚儿,远远避开这一镖。

乔耀武乘机飞身上墙,跃过墙头,穿街走巷,亡命奔跑。那三人紧追不舍。

四条黑影身形极快,好似四股急劲的寒风穿行在夜色中,无声无息,如鬼如魅。

前面是一黑巷,不见丝毫光亮。乔耀武心头一振,连头也没回,猛一抖手,三支飞镖急速飞出,呈品字形直取身后三人。

就在那三人忙不迭地闪身的刹那,乔耀武已经没入黑巷,眨眼就没了踪迹。

那三人忌惮飞镖厉害,不敢追进黑巷,面面相觑地木立。

一人恨恨地说道:"大哥,又让这狗娘养的跑了,真他娘的郁闷!"

为首汉子幽幽说道:"别急,老三,逮住这狗娘养的是迟早的事儿。南北道上的兄弟都知会到了,还怕他上天入地不成!"

另有一人咬牙切齿地说道:"大哥,咱明儿个非得回山吗?照我说,给大嫂报仇要紧!别的事儿,管他娘的呢!不抓住这狗娘养的,给他来个千刀万剐,兄弟们这口气憋心里,都没心思干别的了!"

为首汉子又说道:"老二啊,哥哥我比谁都想要他的命!不过,事儿要有轻重缓急!反正已经是网中之鱼、瓮中之鳖,就让他多活几个时辰!为这狗娘养的,咱已经耽误好多趟买卖了!这么多兄弟跟咱哥仨混,不能让兄弟们喝西北风啊!"

俩人齐声说道。"是,大哥!"

三人再也无话,飞快地没入夜色中……

燕子轩走到当院儿,响亮地咳嗽了一声。

这是寒冬的清晨,遥远的天际刚透出一丝光亮。风卷残雪,呼啸着扫过房檐屋顶,不时碰撞出异样刺耳的声响。

燕子轩有早起的习惯。这是他秉承家教,从小就养成的习惯。他自幼就把燕家祖训背得滚瓜烂熟。其中就有这么一条:惰而侈者贫,俭而勤者富。

勤与俭中,燕子轩更注重一个勤字。因为以燕家的万贯家财,已经没有刻意去俭的必要了。而勤就不一样了,它不仅与财富有关,而且与修心、养性、健身也相通。把勤字具体到自身,燕子轩是这么认识的:如果没有一个勤字,生活就会成一团乱麻,生意就会成一池死水,而我也会变成一具行尸走肉。

有着这么理性而深刻的认识,燕子轩的生活自然就贯穿满了一个勤字。每天雷打不动、风雨无阻的早起,只不过是这一天,他力行这个勤字的最早体现。他不但自己要早起,还要求自家商号永远是包克图第一家开门的店铺。

如此一来,可就苦了最底层的小伙计。每天大清早,只要听他在门口咳嗽一声,即便是在梦里娶媳妇呢,也要麻利地穿戴好,那真就比自家着大火还要急，裤头都可能套头上，就那么稀里糊涂跑出来，一溜小跑去拉栓开门。

燕子轩刚才的那一声咳嗽，就是给小伙计马骏的信号。

可是，这个小伙计马骏倒沉得住气。直等燕子轩做完一套华佗的五禽戏，才见他撅着大嘴，笼着双手，缩着粗脖子，晃着大脑袋，哆哆嗦嗦、磨磨蹭蹭地出来。似乎根本没把这位大东家放在眼里。

看着自家小伙计的惫懒样儿，燕子轩虽然见怪不怪，还是不由得又好气又好笑……

这个马骏的身份有些特殊。

他是燕子轩老家老宅——燕家大院管家马景文的独子，刚满十五周岁，送到塞外包克图的商号还不到两个月呢。

马家几代都在燕家讨生活，所以，这马骏和家生的也差不多。燕子轩脑海里至今有他儿时的模糊印象。更为印象深刻的是，就是远在包克图的日子里，关于这小子的“佚事”，他断断续续也没少听说。

这小子要是有根金箍棒，绝对是大闹天宫的狠角色。

九岁那年，他爷爷没了。出葬的时候，家人怎么也找不到他，急得火烧屁股。尤其是马管家，白天忙丧事，脚打后脑勺，夜里又守灵，一宿没合眼，又累又困，本就是强弩之末，见儿子失踪，又一阵急火攻心，一头栽倒在地上……后来，还是一位邻人听到棺材里发出的呼噜声，吓得大呼小叫起来，几个后生爹着胆子，启开棺盖，这才找到睡在棺材里爷爷身旁的马骏。家人问他缘由。他居然说，想尝尝被埋在地下的滋味。

十岁送他念私塾。刚去，就把十几个孩子都打哭了，自然被先生打了手心，连带挨了父亲的鞭子，由此怀恨在心。先生的噩梦就开始了。讲台上常有直接屙上去的屎，厨房的锅里几次发现死耗子，院里的小鸡接连被拧断脖子，先生还三次遭到弹弓袭击，后脑勺起了核桃大的包。先生郁闷至极，欲哭无泪。思来想去，认定是他，苦于没有证据，便让儿侄们轮班监视他。一天，果真就把他堵在自家院里。当时，他刚把一只死猫挂在先生家的后窗上……

再大些，这马骏就更野了，简直没他不敢干的事儿。当时，有一户外来人家，也不知从哪儿迁来的，在河曲买地置宅，深居简出，几乎不和人打交道。也不知为什么，就被举家灭门了。因为是凶宅，又没有亲朋，宅子就荒在了那里，忽然就闹鬼了，越闹越邪乎，大白天都没人敢去。马骏和人打赌，去那宅子里过夜。他果真就去了。还拿了人家祠堂的牌位为证据，得意洋洋地满街吹嘘。有人跑到燕家大院，告知马管家。马管家一屁股坐到地上，拍着大腿哀叹道："我马景文怎么生了这么个孽种！"那一年，马骏也才十二岁。把燕家上百奴仆管得服服帖帖的马管家，就已经拿自己的儿子无可奈何了。

把儿子远送到燕家商号，托付给少东家燕子轩，是马管家的无奈之举。换个环境，换个人管教，而且有事做，是不是能好些呢？可怜的马管家没半点把握，但也只能往好了想。最起码，也能眼不见、心不烦。只是，怕就怕，这小子不干，那真是丝毫没有办法。

没想到，听父亲一说，马骏立刻喜上眉梢，几乎恨不得拔腿就走。而且，临出来的那段日子，他乖顺得像换了个人。以至于，左邻右舍遇到马管家都问，你家马骏最近怎么这么老实了呢？搞得马管家哭笑不得。

如此一来，马管家反倒有些迟疑了。

但拉弓没有回头箭，也只好按既定的送他走了。

马管家亲自把儿子送到包克图，再三恳求燕子轩严加管教。临走那天，他支开马骏，扑通就跪在燕子轩面前，啪嗒啪嗒掉着眼泪说："少东家，犬子就交给您了，别说打他骂他，就是要他的小命，我也不管了。如果实在不成器，您就把他撵出去算了，我就算没生这个孽种好了。"

马家几代人都对燕家忠心耿耿，尤其是这位马管家，既聪明又能干还本分，把燕家内宅外院管理得井井有条，把燕家里外事务处理得滴水不漏，把燕家男女老少伺候得舒舒服服，不知让两位老爷子——燕子轩的爷爷和父亲少操了多少心，可谓劳苦功高。

燕子轩还能说什么呢……

燕子轩是个一诺千金的人，而且还是个从不肯认输的人。

既然满口答应了马管家，那就要尽心尽力，一定管教好马骏。同时，他内心也颇不以为然，就凭自己十八岁出关，在塞外走南闯北多年，光骑过的马就不计其数了，还不信调教不了一匹儿马了？

从此，燕子轩就和马骏较上了劲儿。

马骏也似乎感觉到了，总有意无意避开他的视线。但作为一个小伙计，哪能不和东家照面呢？这时候，马骏的恭敬是十足的，但明眼人一眼就能看出，那绝对不是由衷的，甚至还有做戏的成分。

燕子轩作为大东家，对伙计们很仁义，可要求也很严格。从店铺的内柜、外柜到伙计，从驼队的领房子、杂物先生到驼倌，他都定有诸多规矩，执行起来也一丝不苟。与此同时,赏罚并重。赏起来毫不吝啬,罚起来也绝不手软。套用现在的话,就是“军事化管理、人文化关怀”。所以,整个商号上下对他是又敬又怕。

可这个马骏硬是个例外,似乎根本就不怕任何人,包括他这个东家在内,更别说内柜、外柜和其他伙计们了。

这小子的长相和性情也气人。要说马管家那也算得上相貌堂堂,尤为可贵的是性情稳重、办事老练。怎么生个儿子却是一副涎皮赖脸的模子,而且成天嬉皮笑脸,一张嘴更是没闲的时候,跟要饭花子都能唠半天。来不到两个月,就和整条街的三教九流都混熟了。闲着的时候,那是眉飞色舞,滔滔不绝。可一让他干这干那,即便是他这个东家的吩咐,他也不是不干,就是脸拉得老长,嘴撅得老高,那股惫懒劲儿难描难画。

就为早起开门这事儿。因为他的磨蹭,燕子轩着实训过他几回。可不管怎么训,训得再狠,他也低眉顺眼的,一声不吭。可没准儿,冷不丁就给你放个响屁,让你哭笑不得。事后再想,又恨不得踢他几脚。

如此三番五次,燕子轩就有些头疼了。这小子别看年龄不大,却像在太上老君的八卦炉里炼过,整个就是一颗蒸不熟、煮不烂的铜豌豆,而且鬼精鬼精,丢到水里比泥鳅还难捞,插根尾巴比猴子都难逮。

可话又说回来,燕子轩也发现,这小子并非一无是处。脑袋瓜绝对好使,胆子出奇的大,而且天生擅长交际。他的很多毛病,其实也是他的优点所在。只不过是一等宣纸擦了腚——没使到正地方。如果调教过来,假以时日,那就是个百里挑一的好外柜、千金不换的驼队领房子。

燕子轩头疼的同时,心头也不无欣慰。

他可就上心了,开始认真琢磨,吃饭时候琢磨,睡觉前也琢磨。心神似乎全被这马骏夺去了,惹得爱妻沈玲玉甚是嗔怪。有时候一想,他自己也觉得好笑,又不是燕家的子孙,自己这是何苦呢。可话又说回来,无论是调教出一个好外柜,还是好领房子、好管家,那都是燕家的福分啊!

琢磨来琢磨去,燕子轩心里就有谱了……

再面对马骏的时候,燕子轩的态度就变了。不愠不火,脸上总有笑意,时不时地表扬几句,有事没事还给他讲讲生意经。他这是蒙古人驯马的手段。燕子轩在塞外多年,长期经营蒙古马,早就精通马经了。蒙古牧民驯马之前,要顺着毛茬耐心地摩挲一阵马毛,既是沟通,也为了让马放松。燕子轩觉得,调教人和驯马一样,也需要先沟通。

沟通是需要耐心的，燕子轩多的是耐心……

燕子轩叫住了马骏："马骏啊！"

燕子轩话音未落，马骏就应声道："少东家！"脚步刹得非常之快。

燕子轩问道："马骏啊，会骑马吗？骑过马吗？"

马骏回道："那不会，也没骑过，驴倒是骑过，还有猪！"

燕子轩笑道："那可不行啊！在塞外生活，一定要学会骑马！尤其是咱燕家商号的人，连骆驼都要会骑呢！"

马骏撇嘴道："骆驼？骑那笨家伙干什么？"

燕子轩微微笑道："马骏啊，你来的时间短，还没见过咱燕家商号的驼队呢。刚入秋就出发了，去恰克图送茶货了，明年春天才能回来呢。咱燕家商号的驼队有十二顶房子，每顶房子有八把子骆驼，每把子又分两链子，每链子是十八峰骆驼，你算算有多少骆驼？"

马骏惊讶道："那可真不少，好几千头吧！"

燕子轩笑道："不光有骆驼，每顶房子都有一位领房子、两位杂务先生、十名护卫、十六个驼倌、八头巨獒。除了驼倌，其余人都是要骑马的。这人、畜、牲口加到一块儿，你再算算有多少？"

马骏咋舌道："那可太多了，把所有喘气的加一块儿，从包克图西排到包克图东，排两个来回也不见得能排过来呀！"

燕子轩骄傲地说道："可不？咱燕家商号牌子响，生意多，买卖大，人手自然也需要的多！拢一拢，咱商号也有几百号人了，可还是不够用啊！所以呀，是凡咱商号的人，一个要顶几个用。需要的时候，店铺伙计扔下秤砣，跟着驼队就得走，这也是常事。"

马骏来了兴趣，双眼放光，满脸企盼地说道："那肯定好玩！少东家，要不你也让我跑驼队吧？"

燕子轩心中暗笑。今天这番话很有收获。正如自己观察琢磨所发现的，这小子的懒不过是表象，是对平淡无味的生活的抗拒。他追求的是新鲜刺激，甚至是冒险。便淡淡地问道："哦，你想跑驼队？"

马骏忙说："那是，少东家，当驼倌都行！要不，我跟着喂狗？"

燕子轩适时收敛了笑意，背转双手，悠哉地在马骏面前踱来踱去，却一字一钉地说道："马骏啊，这是以后的事儿了！不要以为驼队好跟！趟草地越坨子，风里来雨里去，烈日晒蚊虫咬，吃不了大苦可不行！不光要会骑马、驯骆驼，还要会些拳脚！这条商道可不太平，土匪多如牛毛，野狼成群结队，随时随处都有鬼门关！要没有两下子，别说保货了，连小命都得扔到路上！要说咱商号的驼队，走南闯北这些年，硬是没有过大闪失，可真是不容易啊；要说咱驼队这一帮人，常年刀尖上打滚，各个都是好样的啊！马骏啊，是不是啊？”

马骏温顺地答道：“是，少东家，马骏省得了！”脸上那招牌似的惫懒劲儿，似乎被一阵寒风抹去了。

燕子轩语重心长地说道：“马骏啊，好好做！爷别看是燕家少爷，可也是从小伙计干起来的！等咱的驼队回来，爷给你挑个好师傅，教你骑马驯骆驼！你要是有心，肯起早，就跟爷学学拳脚！爷学的虽是花架子，但也能强身健体！”

马骏瞟一眼燕子轩，大嘴一咧乐道：“少爷，那敢情好！”两个月来，他还是第一次对这位东家绽开灿烂的笑脸。

燕子轩悠悠说道：“去吧，启栓，开门，又是新的一天了！”虽然脸不挂笑，他心底却温情荡漾，胸怀豁然敞亮了许多。

马骏应了声：“是，少东家！”拍着屁股，一溜烟地跑去了……

燕子轩摇头笑笑，不再理他，把长辫往后一盘，深吸口气，气运丹田，准备继续自己打拳的早课。

刚摆个起手式，商铺大门外，忽然就传来马骏粗声粗气的吆喝声：“我的天，哪儿刮来的大爷，怎躺这儿睡着了？冰天雪地的，也不怕冻成棍儿！”

燕子轩一愣，心头一沉，收住拳脚，皱起眉头，侧耳去听。

呀！紧跟着，马骏拿腔拿调地惊叫一声，随后就唠叨开了：“少东家，您来瞧瞧！我说呢，原来早冻成棍儿了！你看你，睡哪儿冻成棍儿不好，非睡人家店门口冻成棍儿，这大清早的，多不吉利，还让人开不开门！我说少东家，您还是留步，别出来啦，省得沾晦气，我远远挪走就是了！”

人命关天，燕子轩不敢怠慢，边说：“等等，让爷看看！”边快步走了出去。

店铺大门外，金色牌匾下面，倚着左侧门柱，蜷躺着一个灰麻短袍的汉子，也就四十出头，紫红的一张阔脸，横鼻方口，长相甚是粗豪。只见他双目紧闭，一动不动，浓眉和发鬓都被寒霜染白了。右手中紧握着一条又粗又亮的扁担，似乎是个货郎，却不见两头的货挑。

燕子轩忙蹲下身子，去探汉子的鼻息。好一会儿，他霍地站起身说：“马骏，快帮爷抬进去，还有活气呢，还有得救！”

马骏忙上来帮忙，手脚很是勤快，嘴上却叨叨个不停：“是吗？少东家！这也有救,您可真神了！这冰天雪地的,不躺被窝里睡觉,摸黑跑街上转悠,兴许就不是好门道！要我说呀,不管救活救不活,还是早点打发了好,省得给少东家惹麻烦！您说,是不是这理儿?"

燕子轩气道:"爷省得,你就少说吧!"

燕子轩从两腋架起汉子,马骏反抱汉子的双腿,俩人推车一般,一气儿把他架进马骏住的小屋,放置到炕床上。

燕子轩吩咐马骏:"去,唤醒张内柜,让他坐车去请关神医！再叫上俩伙计,一起去铲些雪来!"

马骏应了一声,调头就出去了。半袋烟的工夫,他和另外两个伙计一人端着一簸箕雪跑进来。

这时候,燕子轩已经很费力地剥下了汉子冻硬的衣袍。见雪端来了,便开始用雪从头到脚地搓起汉子的身子,边搓边吩咐马骏也这么做。

马骏边照葫芦画瓢,边惊诧地叨叨着:"少东家,我可开眼了,活这么大,没见过您这救人法！本来就冻成冰了,九成命都丢外头了,不给他烤火热身子,反给他洗冰雪澡,可不就应了雪上加霜这话,还有个活?"

燕子轩边紧忙活,边微微笑道:"马骏啊,这你就不懂了！冻伤的人,切忌马上烤火,那可就真没治了！这就叫欲速则不达！他身上的冰寒,不亚于这冰雪,两者相撞相融,方能逼出他身上的寒气,慢慢暖过来,如此才能有救！我这可是和蒙古牧民学的,最为神效了!"

说话间,汉子的肤色渐渐好转,总算透出点血色了。燕子轩命马骏擦去汉子身上的雪渍,给他盖上厚厚的几层羊皮袄,然后吩咐道:"你俩去吧,马骏留下！给爷切记,不可到处乱说!"

待他俩诺诺连声地去后,燕子轩坐到汉子身旁,把手探进羊皮袄下面,居然给他号起脉来了。马骏侍立在一旁,几次张张嘴,动动喉咙,却没有说话。

燕子轩瞥见了,笑道:"想说什么,你就说吧?"

马骏也笑了,问:"少东家,您还会号脉不成?"

燕子轩点点头又摇摇头,说:"皮毛而已,跟张内柜学过两手！他也不过懂点皮毛！张内柜腿没瘸之前,可是个千金不换的好外柜。常年在外跑买卖的人,经常要和蒙古人打交道,不懂点医术可吃不开！你想想,那蒙古人都是逐水草而居,有个小痛小恙的哪儿去请看病先生？没准儿就让咱赶上了,兴许就给看好了,那买卖还有个做不成？要不是他冻伤厉害,加上另有重病所致,有张内柜就行了,也就不必去请关神医了!"

马骏眨巴着眼睛问道:“少东家,照你说,他是病倒的?不是冻趴下的?您怎么知道的?”

燕子轩若有所思地说道:“这么健壮的汉子,又是习武之人,要不是重病,哪能被风雪困住,冻僵在外头!”

马骏眼睛都不会眨巴了,瞪得溜圆地问道:“少东家,他是练武的?您怎么看出来的?我怎么就看不出来?”

燕子轩笑道:“不怪你看不出来!你去把他的那堆衣衫掀开,看看他腰带上挂着什么!”

马骏忙过去,逐件掀开汉子的衣衫。掀到最后,露出一条紫铜色皮腰带。腰带两侧都拴有镖囊,坠着两排红绸,显然是插满了镖。马骏抽出一支镖,拿在手里掂量掂量,不由惊叫道:“好重的镖呀!”

燕子轩点头道:“这镖叫穿山镖,没有极强的腕力,休想用它!光看这镖,就知此人定非等闲之辈!冻僵在咱家门口,虽说是天意、缘分,却不知是福是祸!管他呢,救活了再说!”说罢,把手搁在那汉子的额头上,不由惊呼出声:“呀,好烫啊!”面色顿时凝重了起来。

就在这时候,门外传来咳嗽声。

马骏忙把手中的镖飞快地插回囊中,连同皮带用那堆衣衫胡乱包住,塞到炕床边的旮旯,这才去挑帘开门。

燕子轩为他的机灵暗自点头,缓步迎了上去。

先进来的是关神医,六旬年纪,身材瘦削,容貌清癯,长须飘然,颇有几分仙风道骨。随后一瘸一拐地进来的是张内柜,四十开外,适中身材,脸如刀削,鹰鼻鹞眼,显得很是精明强干,只是不知是没睡好,还是关神医的医箱沉重,把他累着了,面色略显苍白,眼角微泛血丝,额头还沁着细密的汗珠。

这位关神医有个规矩,不管到谁家看病,一定要直接先看病人。燕子轩知道他的规矩,也就没急着寒暄,只是把他让到汉子身边,静静地等他号过脉。

好半天,关神医这才起身,向燕子轩作揖道:“这位爷是起摆子了,又遇冰寒攻心,内外交扰,命悬一线。幸亏体内寒气已弱,想必是燕东家的妙手,否则即便是华佗再世、扁鹊再生,也医不活了。待我开方用药,数日就可除去病根,只是还需长期调养,不然会大伤元气!”

燕子轩谢过关神医,吩咐马骏去抓药,亲自把老先生送出门。

外面天已大亮,又下起鹅毛大雪,于寒风中肆虐乱舞。

燕子轩在风雪中默立良久……

2. 虎狼之心

常万奎走进冯记酒铺的时候,他的把兄弟贾元已经在雅间等候多时了。

这贾元是包克图有名的地头蛇,开着包克图最大最红的妓院——怀春院,暗地里还设赌抽红,手下养着一帮爪牙,官面上也经常打点,黑白两道都吃得开。

贾元还没发迹的时候,常输得只剩裤头子,就挨个商铺去讨饭。说是讨饭,其实是讹钱。你要是真给他端碗饭来,他兴许马上就翻脸,跟你白刀子进红刀子出。包克图大小商铺都不敢招惹他,或多或少都要给点儿,还要赔着笑脸打发他走。

那时候的常万奎年轻气盛,刚从老家山西河曲到包克图,准备接管常家商号。对三天两头就动柜上的钱打发这无赖,很是气不公。

内柜田大疙瘩就给他讲了贾元的一些“光辉事迹”。常万奎不由心头一动,就想,虽说自家的商号是老字号,买卖也是多年的经营,已经顺风顺水了。但自己毕竟初到包克图,人生地不熟,两眼一抹黑。结交个贾元这样的地头蛇,应该有很多用得上的地方。

于是,他交代田大疙瘩,贾元再来,由自己出面打发。

从那时候起,只要贾元一照面,常万奎就厚厚地给他一笔钱,比他讹几十家商铺的还要多得多。再后来,不管在哪儿见到他,常万奎二话没有就掏银子。那贾元也不客气,从来不问不谢,接到手一转身又进赌场了。

直到一年有余,贾元才想起请常万奎吃饭,问他,怎么这么瞧得起兄弟。常万奎笑道,没什么,就是想交你这个朋友。贾元就拍了胸脯,当场认他做了大哥。俩人就是结拜兄弟了。

没过多久,这贾元就在赌场捅死人,吃了人命官司。常万奎也真豁得出来,上下打点,大把大把使银子,硬是把他捞了出来。之后,就劝他,兄弟,总这么混下去可不是办法,迟早还要栽进去,再说,兄弟你什么时候才能出头,还是让哥哥帮你动动脑筋吧。这贾元也有点心灰意冷,俩人一拍即合。就由常万奎私下出资,贾元明面打理,各占一半股份,开起了这家怀春院。

贾元别看赌术奇臭,经营这类东西却精明老道,把妓院开得红红火火,银子自然就流水似的进腰包了。这一有钱,他马上把过去的虾兵蟹将都网罗到身边,又削尖了脑袋钻营官府,真正成为一跺脚整个包克图都乱颤的人物。

贾元这一混出头,常万奎就轻易不和他见面了。即便有事,必须当面交代,也尽量找个僻静之所,以免人多眼杂。

他不能不为常家商号的声誉着想。

常家商号可是常家几代人苦心经营的成果,那也是名扬南北的老字号,无论规模还是财力,在包克图一带都仅次于燕家商号。自己作为大东家,常年和南来北往的商人打交道,要是传出个勾结恶霸、豢养爪牙的名声可不好。本分的买卖人谁还敢找你谈生意?那不等于把大量的商机拱手让给燕家商号了吗?因此,若非有重要的事,常万奎不会约贾元去饭铺。

贾元自然也心中有数,所以早早地候在雅间里……

把兄弟一见面,自然要亲热一番。俩人又是抱拳作揖,又是拍肩勾背,简直比亲兄弟久别重逢还热乎。

几杯酒下肚后,常万奎就言归正传了,淡淡地说道:“兄弟,听说燕家商号的内柜张瘸子迷上你那儿的小桃红了,可有这事儿?”

贾元讶然道:“哥哥,您耳朵可够长的,从不去捧兄弟的场子,也知道这事儿了?”

常万奎笑道“兄弟,不是哥哥不捧你场子,哥哥的心思可不在那些烂娘们儿身上!”

贾元连连点头:“那倒是,哥哥是做大事儿的人,要搁在宋朝,哪还有宋江屁事儿,及时雨就是说哥哥了,那水泊梁山就是哥哥的寨子了!兄弟没读过书,可也爱琢磨点事儿!总觉得吧,成大事儿的人,都不恋女人!就和哥哥一样!”

常万奎摇头道:“兄弟,你这是笑哥哥了!哥哥也是血性男儿,胯下也撑着一股阳刚之气!只是哥哥肩上的担子重,没有心情去花天酒地啊!”

贾元眨巴着眼睛说道:“哥哥,兄弟是粗人,不会绕弯弯儿,您有话就跟兄弟直说，不管是上刀山还是下油锅，兄弟决不皱一下眉头！”

常万奎长叹道：“好兄弟呀，哥哥是郁闷啊，心里头堵得慌啊！今儿个，就咱哥俩，哥哥就跟你掏点心窝话！十年前，哥哥临来包克图的时候，我爹让我跪在祖宗牌位前，说过一番话。他说：‘儿啊，要记住，燕家是咱常家的心病啊，打康熙爷在位开始，就和咱常家抢生意，处处压着咱常家一头，咱常家的风光都被燕家抢去了啊！’这些话，哥哥一直念在心头，吃不香睡不安啊！”

贾元把脸凑过去说道：“哥哥，兄弟明白了，这燕家是鱼刺，卡在哥哥嗓子眼了！哥哥想怎么拔，是不是从张瘸子身上下手，您吧嗒嘴就行，笨活让兄弟去干！”

常万奎拍着他的肩膀说道：“兄弟呀，不是哥哥不地道，是燕家就快把哥哥逼上绝路了！要说这燕家和我们常家，那也是有过很深的渊源。想当年，两家的祖先是结伴走的西口，又一起在关外发的财。要说这燕子轩，和哥哥也有不浅的交情，同拜在一个先生门下，打小就一起读书。可这燕家的买卖越做越大，眼瞅就把我们常家的买卖挤兑到死胡同了，再这么下去，我们常家可就要喝西北风了！兄弟呀，不说常家商号上百伙计，是跟着哥哥混饭吃，就说河由老家常家大院常家上百老小，那可都指望哥哥呢！你说哥哥能不上火，能不上心吗？”

贾元拍着胸口说道：“哥哥，这话不必跟兄弟说！兄弟别人的事儿不管，哥哥的事儿是管定了！哥哥吩咐一声就行，剩下的都是兄弟的！”

常万奎冷冷地说道：“兄弟呀，好好关照着张瘸子，那可是要紧的人物。腿没瘸那阵儿，他一直给燕家跑外头，脑袋瓜里可有大把大把的商户。要把他捏在手心里，那燕家的买卖迟早都是常家的了！”

贾元疑惑地问道：“哥哥的意思是……”

常万奎冷笑道：“兄弟，让小桃红再卖力些，把张瘸子的魂儿勾住。不光要勾住他的魂，还要勾他腰包里的银子。兄弟你也多费心，务必和他交个朋友，再引他上你的赌桌。等他着魔上道后，银子借多少给多少，别怕他还不起，全都是哥哥的。等他欠债欠到卖老婆卖孩子都还不起的时候，你再来告诉哥哥！”

贾元豁然笑道：“哥哥，这我可拿手，这张瘸子是栽定了，您就瞧好吧！”

常万奎阴沉地笑道：“兄弟，记住！自古以来，成大事者，无不是心狠手辣之辈！做任何事情，决不能优柔寡断，要么不做，要做就干净利落，不留后患，这就叫无毒不丈夫！”说到这儿，端起杯一饮而尽。

贾元忙赔着笑脸，把自己的酒也干了。

俩人再不谈这事，开始推杯换盏，一直到日暮西沉，喝得尽兴，才有些踉跄地从冯记酒铺出来……

常家商号内柜田大疙瘩见天色已晚，回身撩开内门帘子，喊伙计关门上闩。

再一回头，他差点没惊得窜到房梁上去。

就这一眨眼的工夫，仿佛地底下钻出来一般，铺子里多了凶神恶煞般的三条汉子。都是生面孔，短打扮，外披斗篷，腰间挂刀，手中提着马鞭，眉目间透着一股煞气。

田大疙瘩也算阅人无数，可一瞅这仨人就心惊肉跳，但作为内柜，也不能不上前搭话呀。

他战战兢兢地作揖道："三位爷，打哪儿来呀，这晚了还来照顾小店，想要什么尽管吩咐！"

为首的汉子笑了，甩一下几乎遮了半边脸的长发说："常家商号要是小店，整个包克图就没有大买卖了！"

站在他左下手的大胡子却极不耐烦，恶声恶气地说："咱兄弟可不是来照顾你生意的！快去把你们东家唤出来，我大哥要会会他！"

田大疙瘩连连作揖："真是对不住三位爷，我们东家晌午就出去会友了，这时候了还没回来呢！三位爷是坐着等等，还是把住处留下，等我东家一回来，小的就让他去拜会三位爷！"

另一个煞白脸的汉子冷笑一声，走上前，用马鞭敲着田大疙瘩的脑袋说："咱兄弟可是诚心来拜会你们大东家，识相的快去请过来，要惹火了我二哥，小心把你脑袋拧下来！"

那为首的汉子已经坐下了，翘晃着二郎腿说："爷给你一袋烟的工夫，去把常大东家请来！到时候不来，老二，给我一把火烧了这店铺！"

田大疙瘩一听这话，哪还敢迟疑，撒丫子就往冯记酒铺跑……

常万奎和贾元走出冯记酒铺。

常万奎把一包上等人参硬塞到贾元怀里，刚要和他拱手作别，就听身后连声呼唤："大东家，大东家……"

他回头望去，见是自家商号内柜田大疙瘩，撩着袍襟一溜小跑追来，就跟狗撵屁股似的。

这位满脸疙瘩的田内柜光顾盯着自己的东家，却没留意脚下，不知被什么绊了个跟头，也顾不得拍打，几乎是连滚带爬地到了常万奎面前，一时气喘吁吁,说不出话来。

常万奎不由抬头望望天色,心头暗惊,是不是商号里出事了。自己在外头可是有时辰了。晌午刚过就坐在冯记了,那时太阳还高高在挂,如今早已西沉,只余远天的一抹淡霞了。

好半天,田大疙瘩的喘息才平定下来,把事情经过讲了一遍。

常万奎听罢,倒吸口凉气,不由皱紧了眉头。

贾元忙问:“哥哥,哪条道上的?是哥哥的故交吗?”

常万奎摇摇头说:“哥哥是谨慎人,虽也跑过世面,但来往的都是规矩商人!就是和兄弟你交好,再也知心不过,这还遮遮掩掩呢!哪会有这样的故交!”

贾元笑了:“哥哥,那就好办了!您把心揣肚子里,一切都有兄弟呢!这仨家伙忒没礼数,也不来拜码头,就敢在包克图撩事儿,是没把兄弟我放在眼里!兄弟就跟哥哥走一趟,照照是哪座庙的山神,是不是不想从包克图出去了!”

常万奎点点头:“那就劳烦兄弟了!没兄弟你在身边,哥哥心里还真不托底!不过,兄弟,看哥哥眼色行事,能不伤和气最好!多个朋友多条道,哥哥的买卖还要做下去呢!”

贾元连连点头:“兄弟心里有数,哥哥尽管放心!”

于是,常万奎和贾元大步流星地赶回了常家商号,把腿脚还没缓过劲儿的田大疙瘩远远甩在了身后。

一迈进店铺门槛,常万奎忙抱拳,连连作揖:“恕罪,恕罪,万奎来迟了,让好朋友久等了!”

见常万奎进来,又见他如此恭敬,那长发披肩的汉子哈哈一笑,站起身来,上下打量他一番,双手一抱拳,很客气地说:“常大东家,久仰了,兄弟来的唐突,让大东家受惊了!”

常万奎忙又还礼:“哪里话!屈尊到我常家商号,就是拿我万奎当朋友!有什么难处,有什么吩咐,尽管交代下来,万奎一定竭诚效力!就算有不达之处,还有我兄弟在这儿呢?”

见常万奎说到自己,贾元忙上前一步,一挑眉头,傲然抱拳道:“兄弟贾元,包克图略有薄名,三位朋友眼生,不知哪路神仙,哪条道上发财?”

长发汉子闻听这话,微微冷笑,扭过头去,向身后的大胡子扬扬下巴。那大胡子打他俩进来,就大模大样地坐着没动,见长发汉子示意,一脸不屑地刚要起身,就被一直背朝着常万奎和贾元的另一个同伙按住了。

那人转过身子,笑嘻嘻地扬起一张煞白的脸说:“贾老六,你个狗娘养的,不认得你杨三哥了?”

贾元定睛一瞧,先是大吃一惊,随即堆出笑脸说:“呦,这不是黑、黑……”说到这儿,他机警地斜楞一眼守店的伙计,用眼神示意常万奎。

常万奎忙一拍额头说:“是兄弟的不是了,这里哪是待客的地方,咱里面请,边喝茶边说话!”说着,头前带路,把几人领进后院的会客房。

贾元最后进门,回手关紧了房门,这才向常万奎介绍:“哥哥,这位就是黑土崖子黑风绺子的三当家,兄弟我隔山结拜的大哥杨豹子!”

没等常万奎做出反应,那杨豹子就笑了,微微撇着嘴说:“常大东家,你可太有面子了!我们黑风绺子的马大当家、韩二当家,还有我杨豹子,仨当家一块堆儿来拜你这山神庙了!”

常万奎的脸色顿时变了,心也扑腾扑腾跳个不停……

这三个土匪头子太有名了。

南起杀虎口,北到恰克图,是凡走南北路的人,只要闻听他仨的名号,那真是闻风丧胆、谈虎色变。在南北路上,多如牛毛的匪帮中,属他们的黑风绺子最为人强马壮、最为凶悍残暴,虽然盘踞在黑土崖子,却像一股黑风纵横南北,抢劫绑票,杀人越货,无恶不作,就连官府也拿他们无可奈何。

那长发披肩的家伙,就是这支绺子的大当家马云飞,匪号飞龙;大胡子是二当家韩金柱,匪号韩柱子;三当家就是这杨豹子,豹子既是他的名,也是他的匪号,又因天生一张煞白的脸,背地里都叫他白板豹子。

贾元也是横行惯了的人,可在这几个恶匪面前,却提不起半点威风了。只是一个劲儿地套近乎、拉交情:“三哥,我的亲亲三哥,你这是拿贾老六不当兄弟了,大当家、二当家到兄弟的小地面,三哥你也不关照一声,好让兄弟尽点心意。咱哥俩是没的说,可大当家、二当家要怪罪下来,我贾老六怕是担当不起!”

那杨豹子笑道:“贾兄弟,你错怪哥哥了!到包克图这地面,怎么也得去拜会兄弟你!只是我们大当家发话,等见过常大东家,再去你的销魂窝,我大哥还有要紧的事儿拜托兄弟你呢?”

贾元忙拍胸脯:“只要用得着兄弟,兄弟我两肋插刀!”

这时候,常万奎也缓过了神儿,陪着十二分的小心说道:“三位大当家,万奎不过是本分商人,要有什么得罪之处,还请多多包涵!”

那飞龙哑然一笑,摆摆手示意他坐下,说:“常大东家,不必惊怕,我们兄弟来绝没恶意!要说咱也是老交情了!你逢年过节的孝敬,我让三弟都照收了,一直领情着呢！这些年，你常家商号的驼队，可有人动过？那是兄弟我的回报！就这位贾元兄弟，我飞龙也是感念得很，要没有这好兄弟穿针引线，我飞龙怎可能高攀上常大东家这样的贵人！今儿个，这么晚了，还来惊动常大东家，实在是有事儿要麻烦！常大东家放心，对你来说，不过是举手之劳！就看常大东家给不给这个情面，拿我们黑土崖子的兄弟当不当朋友了？"

常万奎忙说："大当家言重了，万奎也是重朋友、讲交情的人，只要三位大当家吩咐下来，万奎定效犬马之劳！"

那飞龙一拍大腿说："好！既然常大东家这么讲交情，那我飞龙也就不怕劳烦朋友了！这几年，我旗下这帮兄弟甚是勤快，着实做了不少好买卖，发了点儿让常大东家见笑的小财。可大多是笨重的货物，堆得满山寨都是，皮革、布帛之类的好多都发霉了。我这个心疼啊，那可都是上等的货色呀，要不然也入不了我飞龙的眼。把我这个大当家愁得呀，坐卧不安，吃喝不香。想来想去，就想到了常大东家您。听说京城的天顺当出银票了，见票既兑，好多大商号都开始用它了！您是走南闯北做大买卖的人，交往的也都是大买卖人，随便跟谁打个招呼，就能帮我们换成银票。再出去做活儿，我兄弟就可以把家底揣怀里，也就不用总惦记后脑勺了！"

常万奎这才松口气，擦擦额头的汗说："我当多大事儿呢，兄弟我应下了，随我的驼队走就是了！不管是什么货，万奎都有相应的买家，价钱上也随行就市，绝不让几位大当家亏喽！"

那飞龙又一拍大腿："常大东家真是坦快人，我飞龙代表黑土崖子一帮兄弟先谢了！事成之后，要拿我三兄弟当朋友，常大东家一定要提两成，千万不可推辞！"

常万奎忙说："这可万万使不得！这点小忙算万奎的孝敬，怎能从三位当家的嘴里分食呢？"

这俩人，一个非要给，一个非要推，好像眼前就摞满了一桌银票。

那韩柱子是个急性子，又不耐烦了，歪着粗脖子喊道："我说常大东家，我大哥的心意，你应下就得了，不要婆婆妈妈了！"

杨豹子也说："常大东家，我大哥向来说一不二，你就不要再推了！"

常万奎连连作揖，说："那就多谢三位大当家了！"

这五人哈哈一笑，彼此自然近便多了……

闲聊了一会儿，喝有两杯茶，那飞龙忽然敛起笑容，面呈黯然之色，长叹一声说："贾元兄弟，适才我三弟说过，还有一事要麻烦兄弟你！只是哥哥我一想这事儿，心口窝就疼得慌，还是让三弟说给你吧，哥哥先出去透透风！”说着，他就站起身，大步走出去了。

杨豹子遂长叹一声，说：“我们几十兄弟，踏足包克图地面，拜会常大东家不过是顺便，实实是在追杀一人！说出来让江湖上的朋友笑话。那狗娘养的是我黑土崖子黑风绺子的老四，南北道上唤作乔一镖的便是。入山时日不长，蒙我大哥器重，提拔为四当家，一起喝过血酒，拜过关老爷，又一个头磕在地上。没承想是个白眼狼。一天黑里，趁我兄弟都酒醉，竟然行刺我大哥，幸亏大嫂挡他一镖，不然你俩也见不到我大哥了。狗娘养的这一镖，没伤着我大哥，却要了我大嫂的命。我那大嫂可不是一般娘们儿，是我们前当家柳大刀的亲闺女，南北道上有名的女豪杰，江湖人称‘小凤姑’的便是。对我大哥那是有恩有情，对兄弟们也没的说。大哥当场就吐血了，兄弟们全炸锅了，一窝蜂地追了出去，恨不得马上抓回这狗娘养的，送他去看天。就他娘的送他看天，也难消兄弟们的恨。可这狗娘养的，早他娘的跑没影了。我兄弟派出几十兄弟，四处打探，又知会各地的眼子，多加留意。可快两个月了，给大嫂都‘尽七’了，也没捕见他的影儿。好不容易，才有眼子来报，说在包克图照见他。我哥仨一下精神了，马不停蹄就赶来了。真他娘的是这狗娘养的，还他娘的扮作货郎模样，就他娘的化成灰，还逃得过我兄弟的照子了。可这狗娘养的，硬是比泥鳅还滑，一照面又跑没影了。不过，进出的路口都有我兄弟把守，这狗娘养的绝没跑出包克图地界。我兄弟不便动静太大，更不便惊动官府，所以，只好麻烦兄弟你了。兄弟你是坐山虎，人头和地面都熟，多派点人手，多下点气力，用多少银子尽管开口，务必帮我兄弟查探出他的下落。接下来的事儿就不劳兄弟你费心了。只要把消息递过来，我兄弟拍马就到，势必亲手取他的狗命！”

贾元拍着胸脯说：“区区小事儿，包在兄弟身上！”

这时，门外传来那飞龙的声音：“二弟、三弟，说完了吗？咱兄弟也该动身了！”

韩柱子和杨豹子一齐应了一声，向二人拱拱手，大步流星地出去了……

常万奎和贾元如送瘟神一般，把三个土匪头子恭送出门，一直目送他们消失在浓浓的夜色中。

好半天，常万奎长出口气，袖起手跺跺脚，问道：“兄弟，刚才那杨豹子说到看天，哥哥见你打了个哆嗦，是怎么一回事儿？”

贾元情不自禁地又打了个哆嗦，说：“哥哥呀，要说这看天，那是绺子里最毒的刑罚。找一棵碗口粗细的青干柳小树，一头削尖，插进人的屁眼儿里，一松手，人就被挑到半空去了，折腾好一阵子才断气呢。”

常万奎不由倒吸口凉气，一时说不出话来。俩人木立在漆黑的夜色中，仿佛两根直挺挺的木桩子。

远远传来梆子声，伴着几声狗吠。

常万奎先缓过了神儿，摇摇头，幽幽地说道：“兄弟呀，这也不知是祸是福！切记，今天的事儿，天知地知你知我知，再不可让任何人得知！”。

贾元说：“兄弟晓得！哥哥，照我说，不是什么坏事！有他们黑风绺子罩着，哥哥的驼队在这南北道上可就顺风顺水了！”

常万奎点点头又摇摇头：“话是这么说，可那都是杀人不眨眼的强盗啊，官府的悬赏告示就在门墙上贴着呢，这通匪的罪名可不轻！和他们打交道，咱可得多加十二分的小心！”

贾元忙点头道：“哥哥放心，兄弟也是见过风浪的人！”

常万奎点点头，又说：“兄弟，还有哥哥交代你的事儿，你要多费点儿心思，千万不可含糊了！”

贾元拍着胸脯说：“哥哥你就瞧好吧，兄弟给你演一场好戏！”

俩人相视一笑，拱手作别。

长街上再不见人影，只余黑沉沉的寂寥……

3. 毁家纾难

乾隆十七年。

山西晋南，关中西安、咸阳、渭南、凤翔、陇州等地，陕南兴安、商州等地，四十多个府州县厅大旱成灾。加上蝗虫为害，所过寸草不留，粮食颗粒绝收。

饥民啃光草根树皮，又去山上挖青土，和着麦粉填肚子，就是所谓的吃观音粉了。那东西吃进去容易，排出来可就难了，不知活活闷死多少人。

好多饥民卖儿卖女，甚至易子而食。

赤地千里，饿殍载道。

山西河曲，燕家大院。

院门前，两个石狮两侧，各支有四口大锅，煮着半稀的米粥。火烧得正旺，锅内开花般翻滚，热气升腾，米香飘出老远。十几个燕家男仆围着大锅团团转，不知是忙的，还是火烤的，脸都红扑扑的。另有几个男仆不歇脚地进出大院，出来时捧着成盆的大饼，进去时就是空盆了。

衣衫褴褛、面黄肌瘦的灾民不断涌来，或举着破盆，或抱着烂罐，在燕家大院门前排出老远，一眼望不到头。

燕老太爷捋着长须，站到门柱边，眼神中充满悲悯。这老爷子已经年过七旬，太孙子都有的人了，身子板还是那么硬朗。

有那晓事儿的灾民瞅见他，忙过来磕头，嘴上千恩万谢。更多的灾民啥也顾不上了，一接过粥饼，赶紧找个墙角蹲下，开始狼吞虎咽，也不管烫不烫嘴。

燕家的粥棚搭有两个多月了，涌来的灾民不见减少，反而逐日增多了。而且，随着消息的继续传开，还会有更多人闻风赶来。与之同步的是，燕家的粮仓已经快见底了，眼瞅着这粮米就接应不上趟了。

燕老太爷这个愁啊！天刚蒙蒙亮，他就又把儿子派出门，去周边府县挨个打听，看哪儿还能有粮米。他再三交代儿子，不管粮价再高，有多少燕家买多少。宁可倾家荡产，也要把粥棚维持下去。

燕家家底殷厚，要在往年，搭几个月粥棚，捐几笔赈灾银子，不过是九牛一毛。可今年的旱灾不比寻常，受灾地区之广，受灾百姓之多，不亚于康熙元年的那场黄河特大洪水。其实，燕老太爷早就有数，今年的赈灾就是个无底洞。本来就连年干旱，粮食短缺，又屋漏偏逢连夜雨，摊上这场特大旱灾，那粮食还有个不金贵。加上居然有人囤粮待价，把粮价一抬再抬。已经是天价了，可还是买不到。话又说回来，就算能买来又如何呢？对潮水般涌来的灾民来说，也不过是杯水车薪。最可气的是山西巡抚阿思哈，都已经人吃人了，还是不肯动用库帑，而是请令富绅捐银备赈。用现在的话来说，那昏官其实就是不作为了。如此一来，就苦了像燕家这样有仁善之名的富绅大户。还没说搭棚子呢，就有好多灾民涌坐门口了，还能忍心置之不理吗？

燕老太爷准备豁出去了。就在搭棚子的同时，他把马管家派往包克图，信嘱孙子燕子轩暂放下买卖，抓紧回笼资金，以备赈灾之用。老爷子肯为赈灾不惜一切，既为救济灾民，也为上报皇恩。燕家三代受过皇恩，康熙爷、雍正爷、乾隆爷召见过燕家三代人，御请便宴、赐黄马褂，给予极大的荣耀。蒙乾隆爷召见的正是这位燕老太爷。要不是有"学而优则贾"的家训，燕家早就有做官的人了。如今，百姓受灾、国家有难，燕家以忠孝仁善治家，自然要为朝廷分忧了。

如果不是山西巡抚阿思哈不作为，燕老太爷早就捐出大笔银子了。今天一早，他派儿子出去，一来是买粮，二来是探听官府的动静。如果阿思哈还是这么消极，朝廷还是没有什么动作，他宁可自己赈灾，也绝不捐出一毫银子。

燕老太爷等啊等。从早到晚，坐卧不安，茶饭不思。等得心急了，就到大门口站站。可一见那许多灾民，心头又倍感沉重，只好怏怏地返回去。一进一出，也不知多少趟。直到日落西山，灾民散去，才好不容易把儿子等来。

燕老爷子带回来的第一个消息就让燕老太爷振奋不已。

"爹，好让您老高兴。钦差大臣昨日已到山西，接管省务，并奉旨将阿思哈撤职。乾隆爷的御旨中把阿思哈批得狗血淋头：'此奏殊为卑鄙错谬之至，朕实骇闻……国家赈济蠲缓……悉动帑库正项，从无顾惜……抚恤灾黎，何忍出此！'当场摘了他的花翎顶戴，骇得阿思哈好半天都爬不起来。"

"痛快！真是痛快！皇上圣明啊！非常之时，就要用雷霆之法。据我看来，那阿思哈不过是一时昏庸，罪不至此。皇上是拿他杀鸡儆猴了！这么大个巡抚，封疆大吏，说撤职就撤职了，看谁还敢懈怠赈灾大事！”

“是，儿也是这么想的！儿还打听到，乾隆爷已经下旨，从各省调运粮食。没招灾的各省全忙活开了，都在紧锣密鼓地筹办粮食呢。钦差大臣也奉旨开了库帑，正清点库银，准备买粮赈灾呢！”

“唉，好是好，可这粮食不好筹啊！俗话说，巧妇难为无米之炊。有钱买不到粮食，那赈灾也是一句空话！再说，今年的大旱非比寻常，饥民比蝗虫还多，帑库那点银子还不够塞牙缝呢！就我看啊，到最后，还是要靠咱这样的人家出力！”

“是，爹，那是必然的！康熙爷北征噶尔丹的时候，咱燕家不也拿了十五万两白银吗！银子是现成的，咱等朝廷发话就是了！对了，爹，咱的粮食有着落了！”

“哦，是吗？多不多？”燕老太爷的眼睛顿时一亮。

“爹，不过这价可高得离谱！爹，那人是主动和我搭线的，我心头就犯疑了，这灾荒年谁还能有那么多粮食，就派人一直跟着他，您猜他最后进了哪家大院？”

“还能有谁家，常家呗！常家抢粮、囤粮不是一天两天了，这是见来了钦差大臣，奉旨动真格的了，怕落个罪名，才急着出手呢！都这节骨眼了，要不是用来赈灾，谁敢囤那么多粮食，那不是和朝廷过不去吗！常家精明着呢，最懂得看火候了！要说这常家祖上也是厚道人家，怎么到这些子孙后代越来越为富不仁了呢！”

“爹，那您说，咱还要不要这些粮食？”

“要！要！赈灾要紧！他常家可以不仁，咱燕家不能不义！再说啦，咱家的几个库仓可都见底了，再买不来粮食，别说那些灾民，就咱燕家上下也都得饿肚子！”

“爹，儿明日就办！儿还要斗胆说句话。咱燕家能有今天，着实是不容易。既然朝廷已经倾国力赈灾了，咱燕家是不是稍存余地，就不要动商号那边的银子了！”

“儿啊，咱燕家名扬大江南北，是因为财富吗？不是，是为‘忠孝仁善’这四个字。忠孝仁善才是我燕家的生存之道、立世之本。没有这四个字，我们燕家就没今天的财富。越是这样的关头，我们燕家越要拿出这四个字。我们燕家不像常家，是靠和满人做军马兵铁生意发家的。说到皇恩，那也是康熙爷在位时才有的。这康熙爷、乾隆爷都是好皇帝，咱燕家虽不入朝为官，但也不能辜负皇恩。咱对皇上的忠孝，其实就是对百姓的仁善。儿啊，你说是不是这个理儿？”

“是，儿明白！”

“儿啊，咱燕家的名气太大了。从天子脚下的紫禁城，一直到北塞恰克图，一路盛传咱燕家富可敌国。其实哪儿到哪儿啊！这不是好事啊！俗话说，树大招风，富贵也招忌呀！你想过没有，今年这场大饥荒，咱燕家要断了这粥棚，会有什么状况发生？万一饥民起乱，哄吃大户，首当其冲的就是咱燕家。这就是声名所累啊！这倒是其次，爹更多想的是，咱燕家奢华的日子过得太久了。富贵消磨人的志气啊！子轩是个好孩子，他后头的燕家子孙可就不好说了，难免就不出个败家子，断送了燕家几百年的基业。爹是想给后代子孙树个壮举，让他们牢牢记住，咱燕家要秉承的不是财富，而是忠孝仁善这四个字。只要把这四个字世世代代传承下去，那咱燕家不论在何时何地、何朝何代，都一样能站稳脚跟，永远是一棵不倒的常青树！儿啊，爹这一番良苦用心，你明白了吗？”

“儿明白了，儿惭愧，一切任爹做主！”

“唉，也不知咱家马三儿到没到包克图呢！大荒之年必有大乱，这一路不见得太平啊！”

“爹，您老尽管把心放肚子里！马管家那是多机灵的人，且能说会道、八面玲珑，绝不能有事儿，也不能耽误事儿！”

“那就好，那就好！”燕老太爷自言自语般念叨着，嘴边泛起一丝欣慰之色，缓缓地合上了眼睛……

福祥酒楼的雅间里，燕子轩和十几个包克图富商围坐在一起，喝茶闲聊。聊的都是今年这场大灾的事儿。

短短两个月，包克图涌进了大批的灾民。

奇怪的是，主位却空着。显然是请客的人还没到。这就有些不合常理了。哪有请客的人迟来，让客人们等着的。

蒋记粮铺东家摇头晃脑地说：“灾民如潮啊，灾民如潮！年年就有好多人走西口来包克图，可捆到一块儿也没今年多呀，还都是饿得直打晃儿的饥民，那眼珠都是绿莹莹的，那眼神要吃人啊！”

王记皮匠铺东家连连啧嘴：“可怜啊，可怜！我听那些灾民说，能坚持到包克图的都是身强力壮的，稍差点儿就饿死在路上了。这一路上，随时随地都有人饿晕，一头栽倒在地上，就再也爬不起来了。”

冯记当铺东家咧着嘴说:“呵,这算啥?我还听说,只要有人饿晕过去,就有好多饥民像狼一样涌上去,争抢着割他身上的肉,煮着吃呢!”

粮铺蒋东家竖起大拇指说:“燕大东家,听说,你们燕家大院的粥棚还搭着呢!如今的粮价高得离谱,连我这粮铺都要断粮了,你们燕家能维持到现在,那要搭进去多少银子!了不起,了不起!”

皮匠铺王东家又是连连啧嘴:“仁义啊,仁义,燕家就是仁义啊!两位老爷子在老家搭义棚,你燕大东家在包克图搭义棚,那真是三代同心,大仁大义呀!”

燕子轩连连摆手:“哪里,哪里!承蒙在座各位看得起,推举子轩出面张罗!这粥棚可是咱大家伙一起筹办起来的,子轩哪敢掠人之美呀!”

粮铺蒋东家说:“话是这个话,可一直出大头的,还不是你燕家商号吗!”

当铺冯东家撇着嘴说:“我说,各位东家。都这节骨眼儿了,那常家商号怎么还不见动静?连我这小当铺小东家都蝇附骥尾,随大家忙得提溜转,那常万奎怎么楞不露面,难不成要做缩头乌龟?”

皮匠铺王东家似乎心有顾忌,连连瞅着窗外说:“哼!你冯大东家不是山西人,不知常家人的品性!指望老常家出银子救灾,还不如指望天上掉馅饼!算啦,不说也罢,不说也罢!”

就在这时,门帘一挑,酒楼老板哈着腰,让进一素袍之人。此人虽然年过五旬,但腰板笔挺,双目有神,显得很是精明强干。

他就是这桌酒席的做东之人——萨拉齐协理通判关俊山。

萨拉齐位于归绥和包克图之间。乾隆四年,为有效管理土默特右翼旗境及大量涌入的汉族移民,于萨拉齐设协理通判,隶属归绥道管辖。这关俊山就是萨拉齐第一任协理通判。别看他的官不大,管的地方可宽。远至包(指包克图)、五(五原)、陕(陕坝),近至土默川,都是他说了算。

见他进来,众人忙起身,躬身迎接。

那关俊山却不落座,而是把这帮人逐个硬按回座位上,随后突然面朝众人,毕恭毕敬地鞠了一躬。

慌得众人忙又起身,纷纷还礼不迭。

关俊山双手抱拳,朗朗说道:“各位贤达,各位大商,本官代表朝廷谢谢大家了!今年这灾非比寻常,皇上甚是忧怀。皇恩浩荡,倾国力赈灾。我们做臣子的自然要为主分忧,更要为民解难!本官之所以姗姗来迟,劳各位久等,是去长街上转了转,诸位搭的两处粥棚也去了。米粮足稠,秩序井然,灾民虽多,倒也安分。让本官甚觉欣慰。诸位贤达能急朝廷之所急,救饥民于燃眉,自发联手,搭建义棚舍粥,实是仁心壮举!本官定会如实禀奏,绝不贪没诸位的功绩。望各位贤达再接再厉,继续辅助本官,办好赈灾大事儿。这顿酒宴是本官的个人心意,再次谢谢大家!”说着又深鞠一躬。

众人再次起身,纷纷还礼。

关俊山这才入座,酒宴开始……

常家商号,铺门两边,贴墙一溜儿,坐了十几个要饭花子,岁数都不大,也许是苦中作乐吧,嘻嘻哈哈地抓着虱子。

贾元来找常万奎的时候,田大疙瘩正脸红脖子粗地轰他们。可任凭他怎么起劲儿,这些乞丐就不动窝,还七嘴八舌地拿他的满脸大疙瘩取笑,气得田大疙瘩直蹦高。

见贾元来了,田大疙瘩忙迎上去,满脸堆笑地招呼:“哟,这不是贾大东家吗?哪阵风把您吹来啦?”

贾元笑道:“我哥哥在吗?”

田大疙瘩忙说:“在,在,在呢!”顾不得理会那些乞丐,殷勤地领着贾元穿过商铺,往后院走,边走边说:“我们大东家的弟弟从老家河曲来了,哥俩见面这个亲,形影不离,正喝茶闲聊呢!”

贾元问:“哦,我哥哥有几个亲弟弟?”

田大疙瘩赔着笑脸答:“就这一个,小我们东家好几岁,我们大东家可拿这个弟弟当回事儿呢!”

说话间,已经来到会客房。房门大敞着。田大疙瘩朝门里喊了一嗓子:“东家,您兄弟贾大东家来了!”

只听屋里笑道:“哟,好兄弟来啦,快快往里请!”常万奎边迎了出来,一把抓住贾元的手,把他亲热地拉进屋。

屋内果然有一年轻后生,见贾元进来,起身相迎。这后生浓眉大眼,长相倒也英俊,只是眉宇间总有一丝阴狠之气。

常万奎介绍道:“兄弟,这是我亲弟常万胜,刚从老家河曲来。”随后,又介绍贾元:“弟弟,这是你贾元哥哥,是哥哥我最知心的朋友,也是结拜兄弟,在包克图可是响当当的人物!”

常万胜忙上前见礼。贾元还礼。三人落座。

贾元说道:“哥哥,这就是你的不是了!弟弟来了,你也不知会一声,好让兄弟尽尽地主之谊!是不是拿兄弟当外人啦?”

常万奎叹气道:“兄弟呀,哥哥哪能啊!是哥哥最近不宜出门,所以也没顾得上给弟弟引见!”

贾元一愣,忙问:“哦,哥哥,不宜出门?这话怎么说?”

常万奎向门外撇撇嘴说:“还不是这些灾民闹的!兄弟你说说,这上有乾隆爷和满朝文武,下有归绥道和萨拉齐协理通判,这赈灾关咱们平头百姓什么事儿?那燕子轩自己愿出风头也就罢了,还三番五次约一帮人来拉扯哥哥,搞得哥哥都不敢上街了!”

贾元笑道:“哥哥,那还不容易,给个百八十两银子打发了就是了!”

常万奎摇摇头:“兄弟,这你就错了!以常家商号的身价,要么就一毫不出,出就不能比别人家少!哥哥不是心疼银子!凭啥大家伙掏银子,出风头的是他燕子轩!”

贾元点点头:“哥哥说的也在理!对了,我忘问了,弟弟到包克图,就为来看哥哥吗?有没有要兄弟效劳的?”

常万奎一拍大腿说:“正要烦劳兄弟你呢!咱哥俩不是外人,哥哥不妨给你交个实底儿。我这弟弟是要做官的,打点的也差不多了。这次千里迢迢出塞,想念我这个哥哥是一方面,更主要是想选购几匹宝马良驹,孝敬一位要紧的人物。好让兄弟你替哥哥高兴,我们常家可巴结上大人物了。那人是慧贤皇贵妃的亲弟弟高恒,正儿八经的国舅爷。慧贤皇贵妃虽然已故,但乾隆爷爱屋及乌,对高家的恩宠犹胜从前。这高恒年纪轻轻,就已出监山海关、淮安、张家口榷税,署长芦盐政、天津总兵,风头正健,前途无量。他已经应承下我弟弟的事儿,我弟弟做官那是指日可待了,我们常家终于要出做官的人了!”

贾元忙起身:“呦,那兄弟要贺喜哥哥、贺喜弟弟了!”

常万奎兄弟一起还礼,三人重新落座。

常万奎交代道:“兄弟,你眼皮子杂,多给哥哥留意,但凡有宝马良驹,不管要多少银子,务必给哥哥留下!”

贾元连连应承:“哥哥放心,只要是哥哥交代的事儿,兄弟我没有不尽心的!”说到这儿,他一拍额头,笑道:“瞧兄弟这记性,见弟弟来,光顾高兴了,差点就忘了找哥哥的事儿!”

常万奎眼珠一转,阴冷地笑道:“好兄弟,是不是鱼儿上钩了?”

贾元得意地笑道:“何止上钩!张瘸子下辈子都别想翻身了!我拢拢他欠下的赌债和花债,连我也吓一跳。就算他倾家荡产、卖儿卖女,也不够还我个零头。只要兄弟我翻脸,他立马就得上吊。只是便宜了小桃红那贱货,着实发了笔好财!”

常万奎哈哈笑道:“那就妥啦!好兄弟,你再沉沉气,别愁那点儿银子,包在哥哥身上。等灾民这事儿一过,该哥哥给你演一出好戏啦!”

贾元笑道:“哥哥这说的哪里话,兄弟我还能惦记那点银子啦?就算孝敬哥哥也是应该的。兄弟今天来,办妥哥哥交代的事儿是一桩,还有另一桩事儿,急着和哥哥商量。有一次,张瘸子和兄弟喝酒,喝醉了说到,燕子轩曾救活一个冻僵在门外的汉子,养在商号里,至今还没走呢。此人眉间带煞、目中含刀,绝非善类。而且满手硬茧、骨节突出,似乎是习武之人。我算了一下日子,正是黑土崖子三位当家来拜会哥哥那阵子。该不会就是他们要找的人吧?那张瘸子还说,燕子轩再三交代过,不得传出救人之事,这就更蹊跷了!要不要知会三位当家?”

常万奎皱起眉头想了想,摇摇头说:“不着急,等等再说。说不定,这是一步能用得上的好棋,留着关键时候再走!现在就是走这步棋,那也是损人不利己!”

贾元点点头说:“好吧,哥哥怎么说,兄弟就怎么做。还有别的吩咐吗?兄弟可要告辞了!”说着站起身。

常万奎一把拉住贾元:“兄弟,今儿个可走不得,我老家的兄弟来了,包克图的兄弟你也来了,哥哥高兴,咱哥仨非一醉方休不可!”

马骏和大扁担回来的时候,远天刚泛起淡淡的红晕,犹如少女羞红的脸颊。

燕子轩已经做过五禽戏,却没接着打他那套长拳,而是打开店铺大门,又搬来一副梯子,擦拭门上方红底金字的牌匾。

这个匾他从不让别人去动,擦匾的活儿也是他亲手来做。

燕家商号四字笔锋遒劲,甚有风骨。那是明朝末年,时任宣大、山西总督的一代名臣王崇古的手笔。正是他力主隆庆皇帝与蒙古俺答汗议和,汉蒙互市,彼此贸易,互惠互利。从而,也成就了燕家的腾达。

那是万历初年。燕家先人燕满贵于张家口马市贸易,有一自称薄州人的儒服老者上前攀谈,问长问短,没完没了。所问虽是马经,却非买卖之事。燕满贵不嫌其啰嗦,始终以礼相待,有问必答,很是赢得了老者的好感。第二天,忽有一带刀侍卫来找他,交给他一卷轴,说,这是我家大人赏你的牌匾。燕满贵问,你家大人是谁?那侍卫答,我家大人镇边多年,宣大、山西总督王崇古是也,昨日与你相谈甚欢。燕满贵这才知道,那儒服老者竟然是威震边关的王崇古王大人。

因由这个传奇性的经历，加之发生在燕家创业的先人身上，这副牌匾受到燕家后人的百般珍惜，就掉点儿雨点儿也要遮护起来。

擦拭完毕后，燕子轩下来，站到对面，仰头端详片刻，这才满意地笑笑，把梯子搬进来，又把门重新上闩，回当院继续打拳。

刚拉开架子，就见马骏和大扁担翻墙回来了。

大扁担就是冻僵在燕家商号大门外的乔耀武。被燕子轩救活后，又足足调养了大半年，才彻底去了寒根。这之后，他也不走了，就在商号打杂。成天少言寡语，只知道闷头干活。没事儿的时候，就抱着那条大扁担，一遍遍地摩挲。所以，商号的伙计们都叫他大扁担。叫来叫去，再没人关心他到底姓甚名谁了。

当众伙计的面儿，燕子轩和马骏也叫他大扁担，但私下里却另有尊称。燕子轩叫他乔先生，马骏唤他乔师父。

燕子轩尊他为先生，是因为他心知肚明，这汉子绝非等闲之辈。在他刚苏醒的时候，燕子轩曾打探其来历。乔耀武说："燕东家，你对我有救命之恩，照理我不该瞒你。可如果说出来，很可能给你惹来杀身之祸，还是不说为好。燕东家只要记得我姓乔，是个知恩图报的人，那就行了！"打那以后，燕子轩再没追问他的来历。

马骏称他为师父，是因为已经拜在他门下了。

有一天清晨，马骏随燕子轩在当院练拳脚，乔耀武披着皮袄出来，站在屋门口看半天，摇摇头笑了。

燕子轩见状，心头一动，说道："乔先生，让您见笑了，粗拳笨腿自然不入您的法眼！"

乔耀武笑了，说："粗拳笨腿谈不上，要说花拳绣腿，实实贴切。强身健体尚无不可，只是和人交手，那就全无用处了！"

燕子轩见缝插针，抱拳求道："先生想必身怀绝艺。子轩冒昧相求。马骏这孩子身强力壮，且有胆有识，是个习武的好苗子。先生可否收他为徒，成就他一身武艺？"

马骏那是多机灵的人，早抢步上前，撩衣跪倒，口称师父："师父，请师父务必成全，马骏给您磕头了！"

乔耀武扶起马骏，欣然笑道："不说燕东家的面子！就凭你马骏这大半年，和我住在一处，照顾我尽心尽力，我也不能不收下你！"

从那以后，俩人就是师徒关系了。

燕子轩起得够早了，可和这师徒比起来，那就算睡懒觉了。每天，也不知他俩几更起呢，反正风雨无阻，摸黑儿翻墙就走了，去哪儿练也没人知道。等伙计们醒来的时候，俩人早就回来了，没事儿人一样，该干什么就干什么呢。

只有燕子轩知道他俩的秘密。

天天如此，日日照旧。今天也不例外。

俩人翻墙进院后，和燕子轩打过招呼，马骏就去开铺门，乔耀武默默扫起当院，仿佛没有发生过任何事情……

天刚一抹黑儿，怀春院就亮起灯笼，开始在门口接客了。大堂里划拳行令，浪语蝶声，乌烟瘴气，好不热闹。

贾元和张贵图个清静，让小桃红关紧房门，对坐着喝酒。这个颇有几分姿色的婊子吃定了张贵，膏药一般贴在他怀里，搔首弄姿，发嗲撒娇，百般卖弄风情。

这张贵就是燕家商号的张内柜。也就是常万奎和贾元口中的张瘸子。此人也非等闲之辈，曾经是非常出色的外柜，在关外商界颇有名气。只因瘸了一条腿，不便再出远门，就改做了内柜。也是这条腿的缘故，好多人私下叫他张瘸子。

俗话说，人穷志短，马瘦毛长。那张贵欠下贾元好多银子，尽管没向他讨要过，可在贾元面前，无论如何也挺不起腰板，就连说话都顺着话茬。

贾元连连劝酒："哥哥，兄弟我最佩服有本事的人！就包克图这地儿，兄弟从头到尾来回扒拉，也就佩服两个人！一个是常家商号的常大东家，再一个就是哥哥你！想当年，谁不知道包克图的张外柜，能顶燕家商号半边天！"

张贵连连摆手："兄弟抬举哥哥了，那都是多年前的事儿了，不提也罢！哥哥我如今是半拉废人，亏着燕大东家念情，赏我个内柜，也就是混口饭吃了！"

"哥哥，你可是燕家的大功臣！就你这条腿，还不是为他燕家瘸的？别说当个内柜，还要忙里忙外，就白拿他一份月银养老，那也是应该的！"

"兄弟呀，话不能这么说！燕东家对哥哥也算仁至义尽了！这内柜可比外柜当着舒坦啊，不用再出远门，吃苦挨累，担惊受怕，风吹不着，雨淋不着，闲待着就行，还有小伙计端茶送水地伺候！这日子过得滋润，哥哥我是心满意足了！"

"哥哥，兄弟不是挑燕东家的理儿！只是有点儿替哥哥抱屈！就凭哥哥的本事，何苦屈尊于人下，何不自己做东家！"

“兄弟呀，你这可说到哥哥的疼处了！想当年，哥哥也是一番雄心壮志，也不是没想过有朝一日自立门户，开自家的铺子，做自家的买卖，等挣足银子，也回山西老家盖他一溜儿房子！可自从这腿让土匪打瘸后，心气儿就淡了，人也变懒了，就想过平稳的日子了！”

“这也好，哥哥要总忙，咱哥俩就不能三天两头在一起厮混了！”

“是啊，是啊，要说咱哥俩可真是投缘！只是这些日子手风不顺，欠下兄弟好多银子，哥哥这心里总不是滋味！”

“哥哥，这你就见外了，咱哥俩还分彼此吗，兄弟的银子不就是哥哥的吗！等手风顺了，赢了，再还给兄弟就是了！对了，哥哥，兄弟有一事儿要问哥哥。一个关内好友托我买几匹宝马良驹，要派大用场！哥哥多年走南闯北，熟门熟路，一定要给兄弟指点个门路？”

“兄弟呀，你这可问对人了！这燕家的牲畜买卖都是哥哥经手，最知道哪儿有好马了！知道锡林郭勒的贝子旗和贝子庙吧？治旗贝子巴拉吉尔道尔吉牧放有好几群纯种的乌珠穆沁马。巴拉珠尔顿德布活佛的贝子庙也有好几群优良的乌珠穆沁马，都是牧民们孝敬庙里的。这两位爷的马只要满草甸子，就卖给燕家商号半草甸子。这乌珠穆沁马肩宽胸阔、四蹄矫健、跑动如风、耐力极强，可是草原上最好的马。好让兄弟你高兴，那两位爷手里恰有几匹绝好的马，燕东家去年就瞄上了，只因牙口还嫩，没有当时买下，回来后赞不绝口，一直惦记在心，就等今年一块堆儿买回来。兄弟你要赶在燕东家前头，那就是你的了。也就是兄弟你开口，哥哥才肯透漏给你。千万不可让旁人知道，要万一传到燕东家耳朵里，哥哥可就没法在燕家做人了！”

“哥哥，这你放心，兄弟这嘴可严实着呢！哥哥，这酒也喝得差不多了，是让小桃红伺候着歇了，还是再过去玩两手，兄弟的银子是现成的！”

“好兄弟，自然要玩两手，试试手气！”张贵眉开眼笑地站起身……

燕子轩、马骏和巴根说说笑笑地骑马直奔北门。

巴根是燕家驼队的护卫队队长，是个高大威武的蒙古族大汉，骑术精湛，擅长骑射，还使得一手好马刀。他十六岁和燕子轩相识，一见投缘，成为莫逆之交，燕子轩的骑术就是和他学的，最近一直让他教马骏骑马。

他们三个是出来骑马散心的。

这些日子，燕子轩为了筹粮舍粥、救济灾民，东奔西跑，甚是疲惫。这马骏跑前跑后，也没少受累。燕子轩见他表现不错，也是想自己放松一下，就忙里偷闲,带他和巴根出来跑马踏春。

说说笑笑中,燕子轩又给马骏上了一课。

他很随意地问道:"马骏啊,我问你,明清两代全国十八省的举子考试中,山西竟无一人得状元,你可知是什么原因?"

马骏挠头道:"一个没有?这可怪了?难道咱山西人书读得不好?"

燕子轩摇头笑道:"不是咱山西人书读得不好,是咱山西人大多不愿意做官!咱山西人读书不为参加科举,而是为了更好地做买卖!咱山西十年九旱,百姓都穷怕了,所以认为生存比什么都重要!《史记》中说得好:天下攘攘,皆为利往。夫千乘之王、万家之侯、百室之君,尚犹患贫,而况匹夫编户之民乎。这句话你明白吗?"

马骏不好意思地笑道:"少东家,您知道我没读过几天书,听您这一念叨就跟听天书似的,摸不着头脑,您还是给我讲讲吧!"

燕子轩笑道:"这句话是说:天下之人,熙熙攘攘;为利而来,为利而往。即使有千乘兵车的天子,有万家封地的诸侯,有百室封邑的大夫,尚且担心贫穷,何况编在户口册子上的普通百姓呢?追求饱暖和富足是人的天性,不衣不食,何谈礼义廉耻!君子爱财,取之有道。所以咱山西人宁可从商,也不去从仕。"

马骏点头道:"我明白了,这就是您常说的'学而优则贾'!"

燕子轩哈哈笑道:"就是这个道理!"

说笑间,出了北门,眼前是一望无际的绿野,天高云淡,春风拂面,正是纵马驰骋的好季节。三人正要扬鞭策马,忽然看见好多破衣烂衫、面黄肌瘦的饥民迎面而来。燕子轩的好心情顿时荡然无存。

燕子轩下马候在路边,待饥民走近,问道:"大家伙辛苦了,这是打哪儿来呀?"

有人没好气地答道:"还能打哪儿来,都是快饿死的山西人!"

马骏扬声说道:"我们也是山西人,这位就是河曲燕家大院的少东家,包克图燕家商号的燕大掌柜,正在包克图搭棚舍粥呢,管吃管饱,大家伙快去吧!"

闻听是燕家大院的少东家,灾民顿时一窝蜂地涌上来,乱糟糟地抢着说话。都是同样的意思,先赞一番燕家的仁义,然后求少东家赏个饭碗。

燕子轩心有余而力不足,又不愿让大家失望,只好说些软绵绵的安慰话,又挨个握握手,以表内心的同情和无奈。

马骏见给东家惹来麻烦,眼珠滴溜一转,大声喊道:"大家伙可都听好了!包克图一天就舍一回粥,还是有时辰的,再不抓紧去,可就赶不上了!"

一听这话，灾民们可真就着急了，纷纷散去，脚步比刚才快了许多，几乎是赛着涌向包克图北门。

燕子轩目送这些灾民远去，心头怅然若失。

马骏却歪着脑袋，惊奇地打量起一个人。

饥民都走远了，只有这人留下了。拄着一根树杈，蓬头垢面、披头散发地站在路边，直勾勾地盯着马骏。

燕子轩回过身，马上也注意到这人，不由愣起神儿。

那人把目光移到燕子轩身上，忽然扑哧一笑，撩起额前的乱发说："少东家，您一向可好！"

燕子轩定睛一瞧，不由惊叫出声："呦，我的天，这不是马管家吗！"

马骏也惊叫道："爹，您这是演的哪一出，怎么混到饥民堆儿里了？"

马管家苦笑道："别提啦！刚出杀虎口没几里地呢，就被一群饿疯眼儿的饥民劫道儿了，把我骑出来的马煮着吃了！要不是我说，我是燕家大院的管家，去包克图张罗银子救灾，说不定连我一块儿煮了！这一路上，我可是遭老罪啦！我说少东家，您还是先让我饱吃一顿，咱再慢慢细唠吧！"

燕子轩一拍额头，笑道："马骏，还不把你爹扶上马，咱这就去大吃一顿！"

燕子轩让马骏把马管家和乔耀武请到后宅，四人浅酌慢饮。

说是四人，其实就三人在喝。马骏虽说胆大包天，但在这三人面前还是有几分拘束，酒也不敢放开来喝，只是忙着倒酒端菜。

燕子轩的爱妻沈玲玉亲自下厨，精心做了四样山西菜：过油肉、糖醋鲤鱼、茴香焖羊肉和大葱烧苔蘑，还有一碟色香味俱全的锤鸡饼，这才回屋哄孩子去了。

乔耀武一见这四样菜，双眼放光，连连叫好，吃得津津有味。

马管家洗过热水澡，又足足睡了大半天，换了干净衣服，里外一新，显得精神焕发。只是刚到包克图，就狠吃了一顿，可能还没消食儿，不大动筷子。

三杯酒下肚，马管家的眼圈就红了，边抹眼泪边敬酒道："少东家、乔先生，马三儿真不知说什么好了！犬子顽劣，蒙两位不弃，居然习文练武，出息得判若两人！这是两位的大恩大德，也是我马家的造化！让马三儿再敬少东家和乔先生一杯！"

乔耀武笑道："马管家言重了！这孩子有情有义，有胆有识，我是十二分的喜欢！在山西老家的时候，我也粗读过几本书。书中常说：千里马常有，伯乐难寻。马管家要谢就谢燕东家吧，他才是慧眼识才的伯乐！我不过是锦上添花罢了！”

燕子轩摇头道：“乔先生过谦了！子轩文不成武不就，只懂粗略经营，实愧为人师！马骏跟我不过骑骑马、跑跑腿儿、认两个字儿！要说他的造化，是遇到了您这位名师，也让我对马管家有了个交代！常言道，观人观言行。子轩旁观先生已久，先生品行端正，乃正人君子。又有常言道，名师出高徒。自马骏拜在先生门下，虽时日不多，正如马管家所言，的确判若两人了！”

乔耀武摆手道：“燕东家见笑了！我不过一介莽夫，会些三脚猫的功夫，病倒在冰天雪地，受燕东家救命之恩，又蒙马骏悉心照料，传授些武艺理所当然！大恩大德，日后还当涌泉相报！”说到这儿，他目中精光一闪，盯着燕子轩说：“燕东家，打一进屋，我就见你愁眉不舒，似有难言之事，若有用我之处，但说无妨！”

燕子轩一听这话，忙站起身，深深一揖道：“先生果然是慧中之人。子轩的确有一事相求，只是难以启口，几番欲言又止，却不知早被先生看在眼里了！”

乔耀武还礼道：“燕东家何不说出来！只要乔某做得到，定然不会推辞！”

燕子轩这才落座，徐徐说道：“马管家千里迢迢到包克图，实为赈灾而来！我燕家以仁善为先，决定倾囊赈灾！一为报效朝廷，二为给后世子孙立个榜样！马管家带有我爷手书，命我尽快筹集银子，送回山西捐赈！银子是现成的，数目着实惊人，好在都换成了天顺当的银票！只是路途遥远，且匪患猖獗，更有饥民竟也干起了土匪的勾当，可谓险象环生、危机四伏！马管家虽是谨慎之人，却手无缚鸡之力，如何独闯这一道道鬼门关！想多派一些人护送，又怕张扬出去，惹来大股匪群！思前想后，万般无奈，就想到了先生您！有先生一路护送，胜过千军万马，必然万无一失，子轩也就高枕无忧了！”

乔耀武听过这番话，哧溜一声喝进一杯酒，随后就锁紧眉头，低头沉思起来，好半天也一声不吭。燕子轩、马管家和马骏三人六只眼睛一瞬不眨地盯在他脸上，屋内的气氛愈发沉重和尴尬。

足足有一袋烟的工夫，乔耀武方抬起头，哑然一笑道：“燕东家如此高看，乔某也只好勉力走一遭了！就为燕家大仁大义，乔某把命扔在路上又如何！只是赈灾要紧，容不得半点闪失，乔某必须把话说在前头！这一路上，马管家务必和我形影不离，一切要按我的意思去做！我说东就东、说西就西，我说走就走、说住就住，不能有丝毫违逆！马管家要是勉强，乔某只好辜负燕东家了！”

马管家忙站起身，连连作揖道：“乔先生多虑了！别说马三儿不是不晓事的人，就为性命攸关，也要以先生马首是瞻！先生肯护送马三儿，已然救马三儿一命，马三儿哪会不明白，早就在心里烧高香了，哪还敢胡乱主张！”

燕子轩也站起身，深深一揖道：“乔先生尽管放心，马管家决不会误事儿！子轩给先生三揖了！这一揖，是子轩多谢先生肯仗义出力；这二揖，是替家公、家父多谢先生；这三揖，是替灾民多谢先生！”

马骏这时也扑通跪倒，连连磕头道：“多谢师父，师父保重！有师父一路护送，马骏这心头的石头可就沉底了，再不必为我爹提心吊胆了！”

乔耀武还过礼，又把马骏拉起来，左手一拍胸脯，右手端起酒杯说：“事不宜迟，我和马管家明日就走！只要乔某命在，定保银票不失！来，大家共饮此杯，就算为我和马管家践行吧！”

四人哄然喝下这杯酒。

此时夜深人静，窗外皓月当空，银光洒在四人脸上，表情仿佛凝固一般……

4. 茶道之争

张贵战战兢兢地去冯记酒铺见贾元。

贾元终于和张贵翻脸了，限他七日内还清所有欠债，否则先杀他的儿子，再卖他的老婆和女儿，最后打断他那条好腿，让他爬着沿街乞讨，一点点儿还债。

这贾元也真做得出，往日一口一个哥哥叫着，叫得那叫一个亲。如今一翻脸，竟丝毫也不念旧情了，为防他举家逃走，还派打手日夜轮流守在他家门口。

张瘸子死的心都有。每次都是酩酊大醉后上赌桌，输多输少也稀里糊涂，哪承想日积月累，竟已欠下贾元这许多银子。白纸黑字，一张张欠条，的确都是自己的亲笔，那是一点儿都没含糊。可是，就算在燕家再干几十年内柜，还得说全家人都不吃不喝，把所有银子都省下，那也不够还这笔巨债呀。

张瘸子这个悔呀。他心知肚明，那贾元心狠手辣，说得出就能做得出。自己当初怎么就昏了头、瞎了眼，和这么个吃人不吐骨头的家伙厮混在一起，那不是与虎谋皮吗。自己走南闯北这么多年，也没少经历过大风大浪，怎么就让个小无赖算计了。他终于想明白了，这贾元打一开始就没安好心，一步步把自己拐进绳套里，突然就勒得死死的，简直是要命呢。这么多银子，何况是赌债，谁能借给你。这事儿，还不能让燕东家知道，那等于砸了自己的饭碗。因为燕家早就有规矩，严禁赌博，一旦发现，一律开除。就算燕东家念在过去的功劳，对自己网开一面，也不可能替还那么多赌债呀。这可如何是好啊！

短短几天，张贵的嘴角就拱起了十几个大火泡。

今天就是第七天，太阳一落山，就到最后的期限了。张贵穷途末路，索性一咬牙，早早从柜上出来，路上买了些好酒好菜，又进药铺买了一包砒霜，这才失魂落魄地往家回。他已经狠下了心肠，反正都是死路一条，不如自己了结了干脆。回家吃饱喝足，一家四口再把这包砒霜灌进肚，也就一了百了了。

一瘸一拐刚到家门，就有人把他拦下了。拦他的不是别人，就是日夜守在他家门口的贾元的打手，很是客气地说："张爷，贾爷在冯记酒铺等着见你，贾爷可说的是'请'！"

张贵愣住了。贾元怎么客气起来了，居然说了个"请"字。他这些打手一向都是横眉冷目，怎么突然就换了副嘴脸。转念一想，他又无所谓了。反正是豁出去的人了，还有什么好怕的。死也不急在一时。倒要去看看，这贾元葫芦里卖的什么药。

就这样，张贵连家门都没进，直接就来到了冯记酒铺。

贾元果然等在雅间里，酒菜也都上来了。见张贵进来，满脸堆笑地迎上前，抓住他的手一个劲儿地摇，边摇边说："哥哥，你可来了，都想死兄弟我了，快坐快坐，咱哥俩好好喝两杯，不醉不归！"

张贵木然就座，一言不发。

贾元给他倒上酒，随即端起杯，长叹一声说："我就知道哥哥怨恨兄弟了！兄弟也是没办法呀！兄弟我看似风光，其实那都是面儿上的，就连怀春院都是别人的，兄弟不过是替人看场子罢了！哥哥的债主不是兄弟我，兄弟我哪有那许多银子，实实是另有其人！那人逼着兄弟向哥哥讨债，兄弟又没银子替哥哥垫上，只好硬着头皮向哥哥讨要！兄弟这心里也不是滋味呀！兄弟愧对哥哥呀！兄弟也想帮哥哥一把呀！为了哥哥，我天天磕头作揖，求那人免了哥哥欠下的银子！可这笔银子实在太多，谁肯轻易放飞到嘴的鸭子！兄弟这个求啊！为了哥哥，兄弟这腰都落病了！禁不住兄弟的软磨硬泡，那人总算是松了口！只要哥哥帮他做点举手之劳的事儿，这笔债就一笔勾销了！那人要高兴了，兴许还要重赏哥哥你呢！兄弟我总算对哥哥有个交代了！兄弟我总算对得住哥哥了！"

张贵还是一言不发，脑子却转动得飞快。他不是个笨人，相反还很精明，只不过一时贪恋酒色，落入了常万奎和贾元精心设置的圈套。他已经如梦初醒，对贾元的这番话自然一句都不信。可是没办法。人在屋檐下，哪能不低头。即便不信，也只好装信了。他也听明白了话茬，这笔债等于卖身契，自己就算卖给那人了。任他绞尽脑汁，也一时想不明白，那人到底要他做什么。可转念一想，不管让自己做什么，那也总比一家人喝砒霜强吧。如此一来，他冰凉的心又热乎了起来。遂也长叹一声，端起酒杯说："兄弟呀，哥哥让你费心了！麻烦兄弟转告那人，做牛做马，端屎端尿，哥哥我认了！"

贾元喜形于色，边递酒杯边说："好哥哥，这就对了！大丈夫能屈能伸，这点小委屈算什么！好日子在后头呢！哥哥你尽管把心放肚子里，那人可是个讲交情、重义气的爷们儿，绝不会太难为哥哥！"

俩人虚情假意地哈哈一笑，咣当碰杯，一饮而尽……

张家口怡安街大盛川商号。

燕老爷子面色沉重地坐在内厅，盯着手中茶杯里漂浮的茶叶发呆。一个白胖中年男子陪坐在下首，身子不安地拧来拧去，也是一脸的沉重。

这个白胖男子是大盛川的掌柜马景武，在兄弟中排行老二，人称马二儿。他有个弟弟叫马景文，就是燕家大院的马管家。

大盛川也是燕家的买卖，专门经营茶叶，几乎垄断了南北茶叶贸易的半壁江山。每年一到季节，大盛川就派人去福建茶山、茶场收购茶叶，然后由福建走水路运到汉口，加工后装车转运到张家口。大盛川常年有三百余人细加工茶叶，然后包装，用骆驼运到蒙古库伦和俄罗斯恰克图贸易市场。这时候，燕子轩已经早一步到了，并和买家们都洽谈好了。每年光大盛川一家运往恰克图的茶叶，就有几万担之多。

燕家的茶叶买卖之所以越做越大，为其他山西茶商所望尘莫及。究其原因，一是燕子轩眼光超前，最早打通了俄蒙市场，拥有很多稳定的大买家；二是得益于朝廷御赐的"双龙红帖"。空口无凭，红帖为证。这"双龙红帖"不仅是荣耀，更是通行蒙古草地的通行证。俄蒙商人看到红帖后，自然就放心大胆地与燕家进行贸易了。同样等次的茶叶，他们宁可买燕家的，也不买别人的了。

有这两方面的优势，燕家的茶叶买卖自然顺风顺水。可是今年却出现了问题。有人早一步把福建的茶叶几乎都包圆了。如此一来，燕家今年的茶叶买卖就没什么做头了。这不是小事儿。燕家以一己之力，筹集几百万两银子赈灾，把家底儿都掏空了，就指望今年的茶叶买卖多些进项，好有个填补。没想到，半路突然杀出个程咬金，一点儿行规也不讲，三板斧乱抡，不给别人家留任何余地，一副赶尽杀绝的架势。

这件事惊动了燕老太爷，派儿子燕老爷子过来调查。

茶叶是燕家经营的主要项目，牵一发而动全局，燕老爷子的心情自然沉重。好半天，他才放下茶杯，淡淡地问道："马二儿啊，是不是查清楚了，说说吧！"

马景武坐直了腰，气哼哼地回道："查清楚了！这纸里还能包得住火了！是老常家的大裕川捣的鬼！按规矩，茶银都是茶事完毕后结账。那老常家可不管这一套，到哪儿都是现银清算，这头点银子，那头装茶叶！谁不想早点把银子拿到手！这样一来，别人家只有瞧热闹的份了！”

燕老爷子皱紧了眉头：“咱燕家把银子都用在赈灾上了。老常家却趁火打劫，囤粮抬价，发了一笔缺德财。所以就目前，他家的周转资金是比咱家充足。可是咱燕家有声誉，还有双龙红帖，难道连这都不好使了？”

马景武苦笑道：“老爷子，你还不知道啊？整个张家口都传遍了！老常家巴结上当朝国舅爷高恒了，也给他求到双龙红帖了，大裕川的人到处显耀呢！”

燕老爷子的眉头皱得更紧了，叹了口气说：“这老常家是有备而来呀！来者不善、来势汹汹啊！摆明要和咱燕家打擂台，往死路上挤对咱燕家呀！”

马景武倒吸口凉气说：“老爷子，我就不明白了，老常家和咱燕家有深仇大恨啊？”

燕老爷子摇摇头：“深仇大恨没有，只不过心胸狭窄，嫉妒咱燕家罢了！一是买卖上争不过燕家，二是声誉远不如燕家，三是皇恩不如燕家，处处让咱燕家比了下去，对咱燕家的劲头不是一代两代人的事儿了！”

马景武琢磨了琢磨，点点头：“是这回事儿！就前些年，乾隆爷不是赐咱大盛川一块‘双龙石碑’吗？上刻大盛川与俄蒙的茶叶贸易活动。老常家的大裕川传出话来，说，迟早石碑上的燕家要改成常家，大盛川要改成大裕川！”

燕老爷子冷笑一声，说：“那他是做梦！俗话说，人心不足蛇吞象。没有那么大的肚子，如何消化那么多茶货！”

马景武点点头：“我也正奇怪这事儿呢！照理说，自少东家成功开辟俄蒙市场，也就咱燕家有那么大的茶叶销售能力！他常家怎么就敢孤注一掷，吞进那么多茶货，难道就不怕烂在手里？”

燕老爷子也点点头：“这事儿是有点蹊跷，咱也只好等人家揭谜底了！对了，咱在福建的茶山、茶场的收成怎么样？”

马景武回道：“收成还好！不过就咱自家那点茶，也没必要折腾来折腾去了！我就自作主张，让当地人经手，也卖给他老常家了！”

燕老爷子笑道：“这就对了！今年这茶就让老常家一枝独秀，可劲儿折腾去吧！咱在北货南销上多下点功夫！马二儿啊，茶庄这头也没事儿了，你这就下去转转吧，把俄货、蒙货的南方销售市场尽量扩大！今年咱燕家就指望子轩了！他在俄商、蒙商中极有威望，虽然资金周转有困难，但我相信我儿的能力，一定能把生意继续做大！”

马景武站起身，恭敬地答道：“是，老爷子，您就瞧好吧！”

常万奎送走张贵后，喊来弟弟常万胜，继续和贾元喝酒。

今天的常万奎超常兴奋，右手频频举杯，左手举兰花指于头顶摇来摇去，指间夹有一张折叠的纸，不时还展开来，一遍遍看个没够。

贾元笑道："哥哥，这纸又不是名人字画，擦腚都嫌硬，就那么宝贝了？顶那么多银子了？是不是太便宜张贵那瘸子了？"

常万奎得意洋洋地说："兄弟呀，这你就不懂了！有了这宝贝，燕家的茶叶买卖都是我常家的了！对哥哥来说，这纸可比唐伯虎的字画都值钱啊！境内的东西苏、库伦等地，境外的毛斯格洼、伊尔库茨克、喀山等地，所有俄蒙茶叶大买家可都写在这张纸上呢！"

贾元问道："哥哥，光写在纸上有什么用，咱又没和人家打过交道！要是人家只认燕家一家，就不买咱的茶叶，那不是白搭了吗？"

常万奎冷笑道："哼，由不得他不买！哥哥还没来得及告诉兄弟你呢！南方福建一带今年的红绿茶、工夫茶，几乎都被我常家一家包圆了！老燕家干瞪眼儿没办法，无奈之下，连自家茶山、茶场产的茶叶都卖给别人了！那真叫个痛快！咱再有了张瘸子这张纸，销路也一点儿不愁了！兄弟你想想，那些俄商蒙商不买我常家的茶叶，哪儿还有茶叶好买？不都得喝西北风去啊？"

贾元竖起大拇指说："高明，哥哥就是高明，兄弟我服了！要这么说，兄弟这出戏可是演好了，张瘸子算是给哥哥立大功了！"

常万奎点头道："那是自然！张瘸子那点债算什么，不过是九牛一毛！只要今年的茶叶销售出去，我们常家就得肥的流油！兄弟你放心，你的功劳哥哥记着呢！到时候，也有兄弟你一份，那是哥哥的一片心意！"

贾元忙说："哥哥，兄弟我不是这意思！只要能帮上哥哥的忙，兄弟心里就高兴，浑身就舒坦！可不是向哥哥摆功劳讨赏呢！"

常万奎摆摆手道："兄弟，哥哥太知道你的心了！你我虽不是亲兄弟，但在哥哥我的心里头，你和万胜没区别，都是我的好弟弟！记住我今天的话，哥哥的银子，就是兄弟你的，别再和哥哥客气了！哥哥还有好多事儿要让兄弟你去做呢！"

贾元拍着胸脯说道："兄弟我再不跟哥哥客气了，哥哥也别再跟兄弟客气了！兄弟我这辈子跟定哥哥了！有什么使唤一句话就是了！"

常万奎连连点头："好，好，好兄弟！哥哥我这两天就往恰克图去了，一时半会儿是回不来了！商号暂时由万胜打理！不过，老弟年轻，而且在包克图地面不熟，兄弟你可要多照应着点儿！还有老弟买马的事儿，也要拜托兄弟你了！

张瘸子不是说，贝子旗、贝子庙有几匹宝马良驹吗？你找个空闲和老弟过去，不管花多少银子，早点买下来就省心了！万胜啊，还不给你贾元哥哥敬酒！”

常万胜忙端起酒杯，恭恭敬敬地递到贾元面前说：“哥哥，弟弟这一来，竟给哥哥添麻烦了，弟弟敬哥哥三杯！”

贾元也站起身，端起酒杯道：“老弟可千万别见外，这都是哥哥应该做的！”

俩人连碰三杯，一饮而尽。

待二人落座后，常万奎又对常万胜说：“老弟呀，哥哥还要交代你几句！哥哥家里头的事儿，你更不能含糊！你嫂子刚坐完月子，你侄儿刚满月，你侄女也小！这节骨眼儿，哥哥又要出远门，全都指望你了！哥哥走后，弟弟你里外都精心点儿，替哥哥照顾好你嫂子，照顾好你侄儿侄女！”

常万胜笑道：“哥哥，这还要你嘱咐吗？全都有弟弟呢！哥哥一百个放心！”

常万奎也笑了，端起酒杯，站起身说：“好吧！来，两位弟弟，咱哥仨满饮此杯，就此歇了吧！等哥哥胜利归来，咱哥仨再一醉方休！”

浓浓的夜色中，淡淡的月光下，一人策马扬鞭，追星赶月般驰骋。

此人就是单人匹马护送马管家回山西河曲的乔耀武，曾经有个匪号叫乔一镖，他这是在返回包克图的路上。

把马管家安全护送到燕家大院后，乔耀武拒绝了两位老爷子的盛情挽留，只歇了一天就告辞出来了，他急着回自己的村子给父母上坟。

乔耀武也是土生土长的山西人。世代居住在巡镇，离河曲也就三十里远。这个小镇横跨一条小河。据说，唐将尉迟恭曾经在这条汇入黄河的小河边遇见一匹良马，从此如虎添翼，胯下的神骑帮助这位唐朝的开国元勋立下了赫赫战功。为纪念这件事，唐太宗下令将这条河命名为“得马水”。乔耀武的家就在得马水南岸，因河得名叫河南村。

给父母上过坟，乔耀武又在巡镇逗留了三天，白天四处走走，晚上就去横跨河两岸的石拱桥上静静地坐坐。如此三天之后，他才马不停蹄地往包克图赶。

临近黑土崖子，他舍近求远，绕了个大弯，避开这片沙蒿丛生的死漠，改走东面连绵起伏的草坡地，并且趁黑赶路，怕的是遇上盘踞在黑土崖子的黑风绺子。

可是，怕啥来啥。

刚驰到又一草坡近前，忽听一声尖利的哨响，几十个骑马的汉子跃身草坡上，转眼又从草坡上疾驰下来，呈扇形包抄上来，将他裹在中间，围着他团团乱转，手中挥舞兵刃，口中嗷嗷怪叫。

乔耀武暗叹一声，摘下马鞍上的扁担。

为首之人横刀立马，拦在他对面，仰天狂笑道："老四，没想到吧？大嫂在天有灵！前儿个刚有眼子来报，今儿个就把你这狗娘养的候到了！"

乔耀武微微冷笑道："杨豹子，你不是乔某的对手，还是让飞龙和柱子一起上来吧！"

杨豹子又一阵狂笑："没有大哥二哥，我杨豹子一样能宰了你这狗娘养的！我这么多兄弟在这儿，看你还往哪儿跑！你放心，我保准让你见上大哥二哥！大哥早就有话，要亲自送你这狗娘养的去看天！"

乔耀武心思缜密，从杨豹子的话中听出，飞龙和柱子不在山上，不由精神一振，突然狂喝一声："要命的闪开！"抡起扁担，一阵风似的扑向杨豹子。

那杨豹子毫不示弱，高举鬼头刀，拍马迎上去，和他恶战在一起。战有十几回合，杨豹子就有些招架不住了，口中吹出一声尖长的口哨。土匪们早耐不住性子了，听到哨响，顿时炸锅了，狂喊乱叫着，一窝蜂似的涌上来。

乔耀武不惊反喜，猛然狂喝一声："接镖！"慌得匪群纷纷勒马。他趁机泼风般舞动扁担，扫得匪群纷纷落马，杀开一条路，直冲上坡顶。可是刚跑到那面的下坡，他忽然勒马停下了，侧耳倾听片刻，又悄悄调转了马头。

土匪们哪肯放他走，乱哄哄地追赶上来。杨豹子一马当先。刚追到半坡，忽见乔耀武横马立在坡顶，仿佛特意等候一般。杨豹子大惊失色，刚想勒转马头，眼前红光一闪，一支飞镖钉入他左眼，惨叫一声，跌下马去。

匪群顿时大乱，纷纷抢上去救人。

乔耀武见已得手，再不停留，拍马冲下北坡，眨眼就没入了苍凉的绿野……

塞外初秋，天高云淡，清风送爽，草波荡漾。

燕家的驼队在包克图北门外的草野上排出老远，仿佛一支整装待发的军队，就等一声令下，好浩浩荡荡地踏上遥远的征途。

这些骆驼各个高大雄壮，驮着沉甸甸的货物。都是燕子轩在包克图东拼西凑来的盐、糖、粮、绸、缎、布、棉、纸、油、铜、锡等日常百货。数量虽多，品种却很杂。

茶叶收购失利后，燕家只得放弃与俄蒙的茶叶贸易，把希望寄托在北货南销上。决定在恰克图互市大量收购蒙古商人的皮毛、鹿茸、羚羊角、麝香、药材、蘑菇、水晶，还有俄罗斯商人的哈达、羽纱、毛毡、银制品等物，运往南方销售。

燕家常年在恰克图贸易，用南方的茶叶换取北方特产，再运到南方销售。和蒙俄商人都建立了友好的合作关系。所以，今年虽然资金短缺，又没有茶叶可交换，但燕子轩仍然有信心凭借燕家的信誉，做成一笔大买卖。

至于在包克图装运的那些货物，是燕子轩的另一个算盘。南方的百货运到包克图，价格就已经成倍上涨了。从包克图进这些货，没有多少利润空间。但不管怎么说，越往北走，这价格就越见涨。这道理是买卖人都知道。与其让驼队空跑，不如拉上点儿货划算。所以，燕子轩东奔西走，从十几家商号凑来这些货物。

就这样，燕子轩率领燕家的驼队终于要出发了。

沈玲玉执意要送走丈夫，张内柜和马骏为东家送行，一直把燕子轩送到北门外，和燕家的驼队会和。

归化城理事同知兼归绥兵备道普喜奉绥远将军富常之命，率三百八旗兵前来送行。已经排开队列，等候在路边。这不是燕子轩面子大，而是约定俗成的惯例。只要有商家大规模的驼队出发，归绥驻军都会来助威，为的是敲山震虎，威慑路上的土匪。当然了，驻军缺这缺那的时候，商家们也不能看热闹，照例要掏腰包。

燕子轩见领兵的是普喜，不由愣了一下，随即大步上前，深深一揖道："呦，是普大人亲自来了，子轩的面子实在太大了！"

普喜一脸假笑地说："燕东家的面子自然比天大，不然大将军也不能派本官来！我说燕东家，这些八旗子弟兵可站有多时了，是不是这就上路啊！"

燕子轩赔着笑脸说："普大人，再容子轩片刻，还有些家事要交代！"

普喜嘴角一扬，冷冷地说："好吧，燕东家忙去吧！"说过，一转身，大摇大摆地去了。

燕子轩忙回来和妻子道别。夫妻依依惜别，仿佛有说不尽的话。张内柜和马骏早知趣儿地闪到一边，去和驼队的领房子、杂务先生以及护卫和驼倌们道别。

燕子轩最后嘱咐爱妻道："玉儿，有什么为难的事儿，就跟马骏说，再让他去跟乔先生商量！这俩人心怀坦荡，都是正人君子，一定能帮你！至于张贵，我看重的是他的才，至于品性要另说！马骏告诉我，他经常出入怀春院！我念他有功于燕家，也为顾及他的面子，一直装作不知道！你只要心中有数就行了！"

沈玲玉含着热泪说："玉儿记得了！燕哥，你这一走大半年，没有玉儿在身边，要照顾好自己，别让玉儿惦念！"说话间，秀目垂泪，滑落粉颊，犹如梨花带雪。

燕子轩爱怜地望着爱妻，捏捏她鼻子，笑道：“我也不是第一次出门，就恰克图也走八九回了，还不会照顾自己了？好玉儿，快别掉金豆豆了，让张贵和马骏笑话！我还有话要交代他们呢！”

沈玲玉扑哧笑了，轻挥粉拳，打他一下，拧过娇躯，拭去泪花。

随后，燕子轩喊来马骏，对他说：“我本想带你去恰克图，见见世面，历练历练！可又想你还在学艺，再说商号也需要人！我虽是你东家，却也是你半个师父！该交代你的，我都交代过了，还是那几句话！商号这头，你眼睛亮点儿，脑瓜活点儿；我家里头，你腿脚勤点儿，照应多点儿；还有你马骏，不要光迷恋武艺，还要跟张外柜把蒙语、俄语学好，日后能派上大用场！”

马骏恭敬地答道：“少东家放心，马骏一定不会让您失望！”

最后，燕子轩喊来张贵，对他说：“张先生，我走之后，商号就仰仗您了！您在我燕家多年，劳苦功高，本该早就歇着了！可是商号离不开您，子轩更离不开您！说起来，你我实有师徒之分！是您带我走南闯北，教我蒙语、俄语，传我生意之道！子轩铭记在心！我刚才交代马骏了，张先生腿脚不便，吩咐下来就行，跑腿的事儿让他去做！只是有一件事，还须先生亲自跑一趟，好在路途不是太远！咱和贝子旗贝子、贝子庙活佛常年做马匹买卖，今年当然也照做！咱燕家商号除我之外，只有先生和活佛、贝子熟悉！到季的时候，您受累跑一趟！带上马骏，让他一路伺候您！还有一事儿，先生要上心！贝子和活佛有几匹宝马良驹，我前年就定妥了，你们这回去，千万给我赶过来！绥远将军富常、乌里雅苏台定边将军衮札布都爱马如命，多次托付我寻购宝马，好不容易才碰上几匹，对两位大人总算有个交代了！除此之外，再无它事！先生诸多受累，请受子轩一拜！”

张贵忙还礼道：“大东家抬举我张瘸子了，这些不都是我应该做的吗！”

该交代的交代了，该嘱托的嘱托了，燕子轩带着驼队出发了。

沈玲玉和张贵、马骏迎风而立，在驻边八旗兵吹出的嘹亮的海螺声中，目送长长的驼队逶迤而去，渐行渐远，终于融入远天，消失在茫茫无际的草原上……

5. 宝马之乱

秋季的锡林郭勒草原，披上了浅黄色的秋装，在阵阵秋风中起伏，与苍茫的远天相接，虽然没了夏日的青翠，少了野花的点缀，却更富有了粗犷感，别有一番情致。

额尔敦敖包山周围，散落着点点蒙古包，仿佛群星捧月，却没有星群那么密集。

敖包山下有一处建筑，规模宏丽、庄严雄伟、雕刻精美、彩绘细腻，在风吹草低见牛羊的草原上格外醒目。那就是著名的贝子庙。

这座庙建于乾隆八年。由治旗贝子巴拉吉尔道尔吉和巴拉珠尔顿德布一世活佛一起主持兴建，又因建在贝子旗，故称贝子庙。

关于贝子庙还有个美丽的传说。

巴拉珠尔顿德布活佛从西藏来到锡林郭勒草原，被如诗如画的锡林河九曲湾陶醉，于是决定留下来不走了。草原上的牧民听说从千里之外的喇嘛教圣地来了位活佛，从四面八方慕名而来，一时间香火日盛。

巴拉吉尔道尔吉贝子为表示对活佛的敬意，决定建一座大庙，请活佛选一处庙址。

活佛与贝子商议，决定按宗教惯例，在大兴土木的前一年，分别在四面的四座山前插四支箭，待来年春暖花开时以开黄花的那座山为庙址。

草原牧民焦急地盼望中，春风吹开了冰封的锡林河，碧绿的河水缓缓流向无垠的草原，滋润着百花盛开。牧民们簇拥着活佛和贝子前去查看。插箭的四座山上，只有额尔敦敖包山上开出了一朵金黄金黄的花。活佛激动地说："这是长生天在喻示我众！"于是就把庙建在了敖包山下。

贝子庙从初建到建成，燕家商号没少出力，布施过好几笔银子，还多次从张家口和多伦等地为庙里驮运砖瓦、石佛像、经卷。所谓，投之以桃，报之以李。巴拉吉尔道尔吉贝子和巴拉珠尔顿德布活佛的马群只卖给燕家商号。

巴拉吉尔道尔吉贝子旗下的马群数量一多，就要适当地处理掉一扎。这是为了减轻草牧场的压力。

巴拉珠尔顿德布活佛的马，都是牧民们给庙里的布施，有小喇嘛轮流牧放，每年都要卖掉大半群，用来继续完善大庙。

当然了，除了马匹买卖，燕家商号在锡林郭勒草原还有很多买卖。

因为与贝子和活佛关系密切，燕家商号在贝子旗很是吃得开……

张贵和马骏一行到达贝子旗后，先借个蒙古包住了一宿，第二天一早去拜见巴拉吉尔道尔吉贝子。

守门的蒙古兵进去请示后，很客气地把他俩领进贝子的大帐。

巴拉吉尔道尔吉贝子刚用过早餐，正盘腿坐在炕头喝奶茶，喝得满脸淌汗，不时还吸着鼻烟壶，连连打着喷嚏。伺候他的丫头又是递毛巾，又是倒奶茶，忙得团团转。

这位贝子身材高大、体格强壮，即便是在他的蒙古族同胞中，也是特殊的威武雄健。虽然年过五旬，浑身依然散发着一股强悍之气。

张贵一进门就用流利的蒙语问好："扎，贝子爷，好吗？身体安康吧，旗民幸福吧，五畜兴旺吧？"

"扎，扎，好，好，托你的吉言！张外柜，你也好吧？老朋友啦，好久也不来看我了，是我们锡林郭勒的羊肉不肥，还是奶茶不香？快，快，上坐，喝茶！"贝子很热情地往炕上让张贵。

张贵也不客气，盘腿就上了炕，接过丫头递过的奶茶，一口气喝了大半碗，这才抹着嘴说："贝子爷，不是不来看您，是这条腿坏了，实在不方便出门了！"

贝子见他熟不拘礼，正高兴。一听这话，又为他难过起来，说："老朋友，我也听说啦，你差点儿命丧土匪手里！那些可恶的土匪，比草原上的狼还凶残！好在佛爷保佑，老朋友你吉人天相，还能来看我，我也就为你阿弥陀佛了！"

张贵忙谢过，又说："这不吗，燕东家去恰克图了，今年的买卖，只好派我这废人来了！这是燕东家的一点心意，不成敬意，贝子爷一定要赏脸收下！"说着，示意马骏把捧着的礼物呈上去。

礼物是装在锦盒里的一对翡翠玉马，昂首奋蹄，栩栩如生，是燕子轩费了很多心思弄到的，虽不是价值连城，却也非常珍贵。

贝子爱不释手地把玩半天，让丫头收起来，高兴地摸着长须说：“燕东家的美意我领了！马是现成的，今年我打算卖六百匹，活佛那儿也估摸差不多，想什么时候赶走都行！就燕东家看上的那几匹好马，我和活佛也都给留着呢！不瞒你说，这几匹好马真就有人惦记，是你们包克图常家商号的人，前两天找过我，也找过活佛，价给得非常高！不过，让我和活佛回绝了！我们蒙古人讲究，说出去的话，泼出去的水！既然答应了燕东家，就不会变卦！”

张贵愣了愣，随即眼珠一转，忙说：“那我替我们东家谢谢贝子爷了！等拜见过活佛，我们就来赶马！我带来的几个伙计都是半生手，麻烦贝子爷再给派几个有经验的牧马人，等把马群赶到包克图，一定厚厚地打发回来！”

贝子爽朗地笑道：“这好说，牧马人有的是，我给你派去几个最好的！咱是老朋友了，贝子旗有什么事儿，尽管来找我！”

张贵再三谢了，这才和马骏告辞出来……

贾元和常万胜在宝拉根乌拉山下的牧场转悠。

这几天，常万胜着魔了一般，拉着贾元跑遍了贝子旗所有牧场，看遍了大小牧户家的马群，却没有一匹入眼的。不是没有好马，只是都比不上贝子和活佛给燕家留的那几匹宝马良驹，怎么也提不起购买的兴致。

今天又是徒劳而返，明天再没有牧场可转了，常万胜郁闷之极，让蒙古包主人摆上桌儿，切了一盘手把肉，硬拉着贾元喝酒。

几杯酒下肚，常万胜的舌头就大了，嘴也没有把门的了：“哥哥，你说这老蒙古怎么都一根筋，越多给银子越不卖马，跟银子有仇是怎的！”

贾元嘘了一声，压低声音说：“兄弟，说不得，这是蒙古族人的地盘，可别让外边的老家伙听见！你不知道，这蒙古族人最讲信用，既然答应了燕家，你就是搬过去银山，人家也不会动心！要我说，兄弟，将就着买几匹得了，也都是好马！”

常万胜摇摇头说：“哥哥，那高恒是何等人物，当朝国舅爷，常在皇上跟前，什么宝物没见过，眼皮子可高着呢！人家要的是宝马良驹，说不定是为了孝敬皇上，可不敢随便买几匹糊弄！要说这几天，咱哥俩转遍了贝子旗，也就是最先看的贝子的雪点雕、赤花鹰和大宛骝，还有活佛的红玉座、凌昆白和如意骢，才是真正的宝马良驹！可惜便宜燕家了！”

贾元笑道：“兄弟，你还是不甘心，是不是？”

常万胜拍着桌子说："哥哥，兄弟我能甘心吗？要有这几匹宝马良驹，保准儿哄得高恒心花怒放，兄弟这官儿自然就当上了！"

贾元微微冷笑，让常万胜把头凑过来，附在他耳边说："兄弟，常大哥再三交代，务必帮你买到好马，哥哥怎么也不能让你欢喜而来、失望而归！要不，咱这么办！趁个黑天儿，把这几匹马偷走，连银子都省下了！"

常万胜眼睛一亮，忙问道："哥哥，怎么个偷法，那可是上千匹的马群啊！"

贾元笑道："兄弟忘了一句话，良驹不与驽马为伍，这六匹马肯定要单独关圈！燕家这回来的是张瘸子，那可是咱的人，还怕找不到这六匹马？"

常万胜的眼睛越来越亮："哥哥，燕家的人到了吗？知道落脚的地方吗？咱这回只带了十几号人，恐怕人手不够吧？"

贾元哈哈笑道："张瘸子他们前天就到了，昨儿个去见贝子了，打进贝子府就让哥哥的手下盯上了，没个跑！人手方面，兄弟不必操心，哥哥我贝子旗也有几个知心朋友，离开家门口那就是马贼！没这样几个好手，也降不住那几匹宝马！"

常万胜也哈哈笑道："哥哥，兄弟我服了，怪不得我大哥这么看重哥哥你，真是好胆量好算计，够兄弟我赶马学一阵子了！"

贾元摆手道："兄弟高看哥哥了，还不都是和常大哥学的！"

俩人捧腹大笑，连连碰碗，开怀畅饮……

张贵和马骏来到贝子庙时，喇嘛们的早经会刚结束。

巴拉珠尔顿德布活佛已经离开大雄殿，于活佛殿盘腿静坐，闭目清修。身后是佛祖释迦牟尼巍然闪烁的金身，巨大的供桌上摆着八宝吉祥物，青铜大香炉里燃着长明灯。

俩人不敢打扰活佛，悄悄磕过头，静坐在一边等候。

马骏偷眼打量这位活佛。见他身披黄色袈裟，头戴萨棋帽，端坐在四方垫子上。岁数出乎他的意料，也就三十刚出头。面色白皙，五官端正，只是一双耳朵出奇的大。马骏越看活佛的耳朵越好奇，恨不得上去摸摸，看看是不是真家伙。

就在他拧动上身、跃跃欲试的时候，活佛豁然睁开了双眼，射出两道睿智的光芒，直逼进马骏的双目。马骏犹如被电击了一般，激灵一下，规规矩矩地坐正了。

见活佛睁眼，张贵忙磕头道："活佛，张贵又来给您请安了！"

活佛微微笑道:“已经见过贝子了,也知道庙里的马数了,去找执事喇嘛就是了,还来烦我做什么!”

张贵忙说:“活佛呀,哪有入佛山不拜佛祖的道理! 再说,还有燕东家的孝敬,我给您带来了!”说过,示意马骏呈上去。

马骏把锦盒放到活佛脚前,打开让他过目,里面是一串翡翠念珠。珠子大小一致,温润饱满,晶莹剔透,流光溢彩。

活佛挥手关上锦盒,淡淡地笑道:“燕东家虽有大智,终无慧根!”

这时候,张贵又跪到活佛脚下,连连磕头道:“慈悲的活佛呀,我张贵是废人了,能出来这一趟,已经是不容易了! 恐怕再也没机会来给您磕头了! 活佛一定要赐我一言半句,好让张贵受用下半生!”

活佛哂然一笑,冷冷地说:“心无挂碍,何来烦恼,远赌忌色就是了!”

张贵浑身一颤,面色灰白,愣怔了半天,又给活佛磕个头,一言不发地爬起来,一瘸一拐地出了活佛殿。

马骏刚要跟出去,就被活佛叫住了。

活佛紧盯着马骏,眼中精光灼灼,仿佛能洞穿万物,好一会儿,才徐徐说道:“世间祸福,皆是天意! 年轻人,你眼眉散乱,两颧发青,印堂黑气直入天中,牢狱之灾立至,千万要当心!”

马骏愣了愣,随即扮了个鬼脸,笑道:“多谢活佛! 既然是天意,那就由他去吧!”

活佛闻言,摇摇头,慈祥地笑道:“好个洒脱的年轻人,天意难违,那就由你去吧!”说着缓缓合上了双目。

马骏深深一揖,转身去追张贵……

浑善达克沙地南缘的草地上,有一座据说是辽代荒弃的土城,不知经历了多少年的风蚀雨淋,如今只余半截高的土墙,还有满城的萋萋衰草了。

张贵和马骏一行来时的路上,就把这土城定为返途中的一个落脚点。

到达土城的时候,已经是黄昏时分了。张贵命众人把马群赶进土城,又以长绳盘结几棵大树成围栏,把那六匹宝马单独圈在里边,这才搭起帐篷休息。

安排好守夜后,张贵把马骏叫来,让他陪自己喝酒。他对马骏说:“马骏啊,我这腿受不得累,也受不得潮! 如今可好,又累又受了潮,疼得要命,只好借酒麻醉了! 一个人喝酒没趣儿,你就不要守夜了,陪我喝酒吧!”

马骏是实心人,加上也好酒,自然不会推辞。

这一老一少，一人捧一个酒囊，就着干羊肉，吃喝起来。张贵是有心算无心，连连劝马骏酒，很快就把他灌多了，栽倒在一边打起呼噜。张贵推推他，见他毫无反应，轻叹口气，自言自语道：“还是醉了省事儿，我也醉了吧！”说着，摇摇手中的酒囊，一口气儿饮尽，随即也倒在一边睡了。

万籁俱寂之时，从四面的土墙上，突然跳下来二十几条蒙面的黑影，疾步扑向盘结着绳索的那几棵大树。

守夜的人刚喊一嗓子，就被人从脑后一棒子打晕。牧马人的几条狗狂吠着扑来，却被几把大刀砍得血肉横飞，哀嚎不止。有两个牧马人刚跑出帐篷，也被人用棒子打翻在地。

这些人围拢到那几棵大树跟前，一顿乱刀砍断绳索，其中六人冲进去，各揪住一匹马的马鬃，翻身跃上马背，连连拍打着，就要往城外跑。

可是，这六匹马都是马中极品，性情桀骜，岂容人轻易上背。原地转着磨磨，纷纷奋起前蹄，大声嘶鸣，竭力要把背上的人摔下来。

马嘶狗吠声终于惊醒了马骏。

他一骨碌爬起来，顺手操起门边的哨棒，就闪出了帐篷。他再定睛一瞧，不由怒上眉梢，大喝一声，犹如下山猛虎，直扑那些盗马贼。

那些盗马贼纷纷回头，拦截住马骏砍杀。马骏丝毫不惧，一条棒子舞得滴水不漏，和众贼斗了个旗鼓相当。

盗马贼中有俩为首之人，一直在边上观战。其中一人见马骏背对自己，越退越近，就想捡个便宜，突然窜上去，照马骏的头就恶狠狠地砍去。没料想，马骏眼观六路、耳听八方，早有防备，身形一闪，让过大刀，反手就是一棒子，将那人打得脑浆迸裂。

另一人发出一声惊天的嚎叫：“我的好兄弟呀……”

可是，他的嚎叫马上被一阵呐喊声掩盖了。燕家的八九个伙计挥舞着棍棒，齐声呐喊着冲上来。形势顿时一边倒。马贼们只有招架之能，再无还手之力。与此同时，骑在马背上的那六个人，已有两个被马摔了下来。

嚎叫之人见势不妙，响亮地吹了声口哨，抱起那具尸体就走。那些盗马贼亡命护着他，且战且退，一直退出了城门。

城外还有马贼的接应，驱赶着众贼的坐骑迎过来。

马骏等人正要追赶上去，身后有人高声喊：“穷寇莫追，马群要紧！”他们回过头，见是张贵，一瘸一拐地撵来，边喊边招着手。

就在这一迟疑间，马贼们已经纷纷上马，扬尘远去……

深秋季节，草原化作了金色的海洋，包克图仿佛是这海洋上的一座孤岛。

远远望见包克图的刹那，燕家的伙计们情不自禁地欢呼起来。只有张贵和马骏心头笼罩着挥拂不去的阴霾，怎么也高兴不起来。

这一路上，马骏一直在琢磨土城的那些盗马贼，越琢磨越觉得有蹊跷，而且心头总有几分不祥的预兆。张贵是心头有鬼。俗话说，不做亏心事，不怕鬼叫门。虽然没落下把柄，但他总有被戳穿的感觉。一老一少从离开土城起，彼此都有了戒备之心。

马群圈到燕家在包克图东门外的马圈后，张贵安排好马夫和护卫，这才叫上马骏，打马慢悠悠地进东门，回燕家商号。

刚走有半趟街，忽然钻出一群官兵，将他俩拦住了。

为首的官兵斜楞着马骏问："小子，你就是燕家商号的伙计马骏吧？"

马骏翻身下马，沉着地说："我是马骏，官爷有何贵干？"

那官兵冷笑道："是就好，麻烦跟我们走一趟，有人告你恶意械斗，杀伤人命，这场官司由不得你不打！"说着一抖手，就要给他套铁链子。

马骏一把扒拉开铁链子，瞪起眼珠问："什么官司？什么人告我？说清楚了再走！"

那官兵怒道："哪有那么多啰嗦，还反了你不成！见了官爷，自然清楚！来呀，把他捆绑起来！"话音刚落，众官兵就如狼似虎地扑向马骏。

马骏拔出腰刀，用刀尖一指，厉声喝道："我看谁敢上来！"

见他如此气势，众官兵不敢近前，却又纷纷拔出刀，把马骏团团围住。

张贵见相持不下，忙上前打圆场："官爷，我是燕家商号的张内柜！我们这伙计究竟犯了什么事儿，又是什么人告他？总该让我们燕家商号知道吧！"

那官兵气冲冲地说："装什么糊涂，你们不是一道走的吗？这小子打死了常家商号常大东家的弟弟，怀春院老板贾元已经把他告到普喜大人那儿了！"

张贵闻言，心头一惊，愣了半晌，擦擦汗珠，转身劝马骏："马骏啊，事已至此，你还是跟官爷走一趟吧，总能说清楚！我这就回去，和内掌柜商量，看怎么办！"

马骏已经明白，土城的那伙盗马贼原来是贾元和常家的人，心头疑窦顿生，但此时容不得多想，也知道强拗不得，咣当把刀一丢，嬉皮笑脸地说："官爷，瞧你这脾气，说明白不就得了！我正发愁找不到这些盗马贼呢，这不就是不打自招吗！就这事儿，我们燕家商号还要报官呢！来，来，快快绑上！"

官兵一拥而上，将他捆绑结实，又套上铁链，连拖带拽地就要走。

张贵忙拉过为首官兵，把一锭银子塞进他怀里，又把一些散碎银两塞到他手里，赔着笑脸说："官爷辛苦，兄弟们辛苦，路上买杯水酒喝！"

那官兵马上不生气了，笑眯眯地说："好说，好说，这小子我们照顾了！"

张贵目送官兵押着马骏远去，脑中转着无数个念头……

天近黄昏，张贵才满头大汗地回来。

燕子轩的妻子沈玲玉已在店铺等候多时。自丈夫走后，张贵和马骏又去了贝子旗，里外都要她一个女人张罗，累得瘦了一圈，更显得婀娜，粉腮也透着憔悴。见他回来，叫伙计去唤大扁担。

不一会儿，乔耀武健步走了进来。

沈玲玉说了声："乔先生请坐！"随后对张贵说："张先生辛苦了，子轩远在恰克图，我一个妇道人家，又出不得门，只好让先生受累了！见到马骏了吗？"

张贵答道："内掌柜客气了，这是张贵分内的事儿！马骏是见到了，还关在牢里，有银子常使着，也没他亏儿吃！只是打关进去，就没上过一次堂，就好像忘了他这个人儿！这普喜，葫芦里也不知卖的什么药？"

沈玲玉微微冷笑道："普喜是在等子轩和常万奎回来，好两头见银子呢！子轩说过，那狗官最是贪得无厌！几次向咱燕家狮子大开口，都被子轩挡回去了，为此一直耿耿于怀！这次可逮住由头了，马骏可能要吃牵累！乔先生可有什么高见？"

乔耀武淡然笑道："既然狗官要等燕东家回来，咱也等着吧！"

沈玲玉讶然地眨眨秀目，若有所思地点点头，说："也只好如此了！唉，就是子轩回来，这事儿也棘手！以常家的为人怎肯善罢甘休，那普喜又是常万奎喂熟的狗！只好寄希望于绥远将军富常了，他与子轩交情甚好！只是子轩不在家，那一品将军也不是谁都能去见！"

张贵叹口气说："富常将军指望不上了！萨拉齐协理通判关俊山告诉我，富常将军已经奉皇上的旨意，率八旗兵西征去了！由凉州将军保德署理绥远城将军事！"

沈玲玉蹙起柳眉道："这可如何是好？关通判还有没有别的话？"

张贵答道："关通判对普喜也是十二分不满！按程序，马骏的案子应该经由他办理，可普喜连招呼都不打，就把马骏关押到归化城了！不过，官大一级压死人。在人屋檐下，怎敢不低头。关通判也是束手无策！他直说啦，帮不上什么忙！"

沈玲玉轻叹口气,说:“唉,路一条条封死了!也只好等子轩回来了!张先生多辛苦几趟,多往牢里送几回银子,咱不能让马骏吃牢里的亏!柜上的银子动不少了,还够不够周转?要不够,我还有点儿体己银子!”

张贵笑道:“哪能动内掌柜的体己银子!刚花这么点儿银子就周转不开,我这内柜当得可太不称职了,传出去还不让人笑话!”

沈玲玉嫣然一笑,说:“那张先生就多费心了!跑一天准累了,酒菜都备好了,吃饱喝足早点歇了吧!”

张贵笑道:“也真是饿了,那我就先进去了!”一瘸一拐地往后院去了。

待张贵走后,沈玲玉站起身,走到乔耀武面前,飘然下拜道:“乔先生,子轩常说,先生大智大勇!马骏是我燕家之人,更是先生的爱徒,为他的事儿,我已经方寸大乱!今见先生坦然若定,似乎胸有成竹,可否指点迷津,好让我也安下心来!”

乔耀武微微一笑,说:“内掌柜过奖了,乔某何来大智大勇!正如内掌柜刚才所言,我徒儿马骏这场官司,就是燕东家回来,也是输多赢少!不过,鱼有鱼路,虾有虾路!万不得已之时,乔某自有其它主张,断不肯让我徒儿命丧小人手中!只是不便说于内掌柜听!内掌柜尽管放心就是了!”

沈玲玉秀目一亮,灿然笑道:“有先生这番话,我也就释怀了!既然如此,我就安心去睡了!麻烦先生关门上闩!”说过,一阵轻风似的走了。

乔耀武哑然失笑,摇摇头,关好店铺门,转身回自己的住处。走到当院,他站住了,背负双手,静静地仰望苍穹。

一轮明月当空,点点繁星闪耀,他的一双虎目如星星般闪亮……

6. 人命官司

常万奎暴跳如雷，把桌上成套的紫砂陶茶具一个接一个摔得粉碎，随即号啕痛哭："我的弟弟呀，我那亲亲的弟弟呀……"

贾元垂手立在一边，大气也不敢出。

常万奎越哭越悲痛，到最后，猛地喷出一大口鲜血，一头栽在地上，昏死了过去。慌得贾元忙上前，又是拍脸揉胸，又是掐人中。

好一会儿，常万奎才幽幽地睁开双眼，痴痴地盯着面前的贾元。突然，他的眼神变得暴虐无比，右手好似安有弹簧，快疾如风地弹出去，一把锁住了贾元的咽喉，越锁越紧，嘴里还恶狠狠地说着："我把弟弟托付于你，你怎敢送了他的命！"

贾元欲辩不能，只有苦苦挣扎，却怎么也摆脱不了这只手，渐渐翻了白眼。就在他即将失去意识的刹那，那只手却渐渐松了力，直至彻底从他脖子上拿开。贾元如获重生，坐在地上连连咳嗽，大口喘着粗气。

常万奎已经恢复了常态，把贾元从地上拉起来，搂着他的脖子说："兄弟呀，哥哥是肝肠寸断啊！适才悲痛过度，昏了头，兄弟你千万不要见怪呀！"

贾元潸然道："哥哥不要说这话，兄弟这心里着实也愧疚得很！"

常万奎拍拍他的肩说："好兄弟，不怪你，你已经做得很好了！人死不能复生，但仇不能不报！不杀马骏这狗崽子，难消哥哥心头大恨！"

贾元点点头："哥哥，兄弟明白你的意思，是要亲眼看他人头落地！要不是等哥哥，兄弟我早去牢里打点，早让他变成鬼了！"

常万奎点点头，又摇摇头，阴冷地笑道："哥哥我不光要亲眼见他人头落地，还要让燕家人财两空！哥哥我豁出便宜普喜那贪官，也要让燕家大笔大笔地折腾银子！等燕家折腾不起的时候，再要马骏那狗崽子的命！”

贾元心悦诚服地说：“这叫一箭双雕，还是哥哥高明！要说普喜也算仗义，一脚踢开关俊山那厌物，把这场官司揽了过去！就凭他和咱哥俩的交情，那还不是一句话的事儿！”

常万奎冷笑道：“兄弟啊，普喜是和咱哥俩交往甚密，但那是冲着银子的面子！他揽这场官司可不为仗义，是见牵涉包克图最大的两家商号，大有油水可捞，不想让别人沾油腥！兄弟一定要记住，那普喜是一条喂不熟的狗！”

贾元不住点头：“还是哥哥看得透，兄弟我记住了！还要兄弟做什么，哥哥尽管吩咐下来！不为万胜弟弟多尽点儿力，兄弟这心里总不是滋味儿！”说着抹起眼泪。

常万奎也面露戚容，抹抹眼角，走到炕边，从席下抽出一本账，从正中劈开，把半本递给贾元，说：“兄弟呀，这就是张瘸子欠咱的赌账！你找他一趟，把这半本当他面烧了！再告诉他，只要他把燕家最近的动静一五一十地报过来，那半本账我也给他一笔勾了！”随后又冷笑一声，继续说道：“哼，燕家每使一笔银子，我都加倍送过去，看燕家能挺到什么时候！哥哥我也不闲着，明天去见普喜一面，让他虚张声势，但不要急于判决！咱哥俩两头这么一闹腾，燕家可就没消停日子了！”

贾元一拍大腿站起来，深深一揖道：“哥哥，那兄弟就去找张瘸子了！哥哥一定要节哀顺变，多多保重！”

常万奎点点头，目送他离去，随后颓然坐到椅子上，独自默默垂泪。整整一天，别说走出屋，他连屁股都没挪窝……

燕子轩来到归化城理事同知府，求见普喜。

守门的兵卒进去传报，却迟迟不见回来。等了足足一袋烟的工夫，才见另有一人晃晃悠悠地出来，走到他面前负手站定，傲然扬起大脸，用眼角余光上下打量他。

燕子轩早听说普喜的门槛不好进，来之前就有所准备，忙上前一步，把一锭银子塞进他袖子里。那人马上笑逐颜开，一歪大脑袋，示意跟他进去。

普喜正悠哉地仰靠在椅子上，手中转动着两枚核桃大的铁球，双眼却似睁非睁，仿佛根本没看见有人进来。直到燕子轩上前见礼，他才霍地坐直了身子，干笑几声说：“这不是燕大东家吗，稀客，稀客，快坐，快坐！”

燕子轩赔着笑脸道：“大人面前，哪有小民的座位！”

普喜又干笑几声说:“燕大东家过谦了!燕家商号那是多大的买卖,燕家那是多大的声势,连皇上面前都有一席座位,何况我这小小的理事同知府!快坐,快坐!”

燕子轩又做了一揖,这才说道:“大人莫要取笑了,这不是折杀小民吗!燕家再大的买卖、再大的声势,又怎及得上大人官居要品,才施一方,造福百姓,光宗耀祖!”说过,也就顺势坐下了。

普喜哈哈大笑几声,随即敛起笑容,居高临下地盯着燕子轩问道:“燕大东家轻易不登我这小衙门,今日突然造访,来找本官,不知有何贵干?”

燕子轩明知话中有刺,还是谦恭地答道:“大人明鉴,小民冒昧前来,为我燕家伙计马骏一案!听说大人择日就要开堂问审了?马骏虽伤人命,其过却不在他,实是那常二公子咎由自取!望大人明察秋毫,给马骏一个公道!”说着,从袖中掏出一张京城天顺当的银票,放到普喜身旁的桌子上,轻轻推了过去。

普喜看也不看,微微板起面孔,说道:“马骏一案,涉及人命,非同小可,本官定当严查细审,秉公办理!不瞒你说,常大东家也来找过本官,定要我严惩凶手!人命关天,岂是儿戏,怎能由他说了算!这不是为难本官吗?常万奎也太不晓事了!至于孰是孰非,还有待开堂问审,燕东家此时来,倒有贿赂本官的嫌疑了!还是暂且回去吧!这个……也先拿回去的好!”说着把银票推了回来。

燕子轩又把银票推过去,说:“请大人务必收下!小民也是知书达理的人,断不会为难大人!只求大人查明真相,秉公办理!”

普喜向后一仰,淡淡地笑道:“燕大东家还是信不着本官!就好似不收你的银子,本官就要偏袒他常家了!既然如此,暂且存在我这儿,待此案水落石出、尘埃落定,本官再叫你拿回去!也好叫燕大东家知道普喜的为人之本、为官之道!”

燕子轩忙站起身,深深一揖道:“有大人这句话,小民心里就有底了!小民静候大人佳音!那小民就不打扰大人了,暂且告辞了!”说着又是一揖。

普喜点点头,亲切地笑道:“恕本官不送了,燕大东家常来!”

燕子轩保持作揖的姿态,一直倒退到门槛边,这才转身大步出屋。

普喜盯着他的背影,脸上换了一副阴冷的笑容……

乔耀武来找燕子轩的时候,夫妻俩正谈论马骏的案子。

五千两的银票送出十几张了,马骏的案子却迟迟不见判决,更不知结果究竟如何,燕子轩夫妻俩的心情都很沉重。

燕子轩长叹说:“唉,我看马骏是凶多吉少啊! 普喜这狗官好似在耍咱们! 已经过好几回堂了,只传唤常家的证人,却一次也不传唤咱燕家的证人,这明显不合常理!”

沈玲玉也叹了口气说:“玉儿也是这么想的! 常家铁了心要马骏的命,再使多少银子也白搭! 常家抢了咱燕家的茶叶买卖,如今财大气粗,拼银子咱拼不过人家! 你从恰克图拉来的货,又为马骏的事儿,耽搁在包克图了,这人吃驼喂,每天要不少银子,咱已经是捉襟见肘了,再想使银子也拿不出来了! 好在已经尽力了,子轩你也不要太忧怀了!”

燕子轩摇头道:“玉儿啊,为夫能不忧怀吗? 南北八岁了,还没回过家乡呢! 爷和爹日思夜想,多次捎来口信,叫我把南北送过去! 尤其是爷爷,剩余日子不多了,生怕不能看上太孙一眼! 我本想带上你母子,亲自运送这批贵重的货,顺便也回家住上一段! 可马骏这一出事儿,我怎么去面对马管家,也无颜去见爷和爹呀!”

沈玲玉劝道:“子轩,事已至此,再忧再愁也无济于事! 就玉儿看来,马骏的事儿,兴许还没到绝路! 你常说乔先生大智大勇,何不找他商量商量?”

燕子轩眼睛亮了亮,随即又黯淡了下来,叹口气说:“如今已经是死局了,乔先生又不是神仙,如何能起死回生! 我见他整日也是愁眉不展,想必和我一般心情,还是不要找他彼此添烦了!”

正说到这儿,窗外忽然传来一声咳嗽。

燕子轩听得出声音,问道:“乔先生,有事儿吗?”

窗外答道:“燕东家,借一步说话!”

燕子轩披衣出来,和大扁担站在窗外的柳树下。万籁俱静,只有蝉声不绝于耳。月光勾勒出柳树的影子,风摆柳枝,仿佛在二人身上婆娑。

大扁担仰望着星空,淡淡地说:“燕东家,你已仁至义尽! 从现在开始,就不要管马骏的事儿了,更不要再使银子了!”

燕子轩蹙紧眉头说:“乔先生,子轩也明白,银子救不了马骏了! 可我总不能眼睁睁地看他含冤受死,却坐视不管吧!”

大扁担微微笑道:“燕东家,乔某曾对内掌柜说过,鱼有鱼路,虾有虾路。燕东家的路子走尽了,该是走我路子的时候了!”

燕子轩眼睛一亮,深施一礼道:“乔先生,可否让子轩明白一二?”

大扁担摇头笑道:“江湖上的勾当,恐污燕东家的耳,还是不说为好!”说过,转身往住处走。刚走几步,又停住了,背对着他说:“燕东家,家贼难防,张贵和贾元早有来往，最近尤为频繁！”说到这儿，这才健步走了。

燕子轩盯着他的背影，面色渐渐凝重起来……

归化城吉祥酒楼二楼雅间。

普喜大刀阔斧地坐在主位上，手中不停转动着那两枚形影不离的铁球。常万奎和贾元分坐两边，不停地给他斟酒布菜。

酒过三巡，常万奎掏出张银票，放到普喜的右手边，轻拍着他的手说：“哥哥，这是天顺当的银票，两万两见票即兑，是兄弟的一点儿孝敬，哥哥收好了！”

普喜被这数目吓了一跳，瞪直了眼睛说：“两、两万两？这也太多了吧？哥哥已经得你好多银子了，这回无论如何也不能收了！兄弟，你、你还是拿回去吧！”

常万奎笑道：“哥哥，怎么还跟兄弟见外了？兄弟的为人，哥哥还不清楚吗？金山银山不如朋友遍山！兄弟的银子就是交朋友的！多个朋友多条道，活在这世上也敞亮！”

普喜拍着桌子说：“兄弟，这话哥哥爱听！咱就拿燕子轩说事儿，仗着有富常撑腰，从没把哥哥我放眼里！他要有兄弟你三分的仗义，哥哥也不至于阴他这一下！”

贾元在一旁敬酒道：“大人，您这可不是阴他，是仗义帮我常大哥忙呢，也是燕子轩他自己做到那儿了！”

常万奎拍手道：“贾兄弟这话在理儿！兄弟我的忙儿，哥哥还要帮下去！如今，燕家已经使不出银子了，也该让马骏那狗崽子人头落地了！”

贾元在一旁补充道：“大人，这燕家也折腾到劲了！常大哥是怕夜长梦多，万一富常将军回来，恐怕就由不得大人做主了！”

普喜悠然自得地往后一仰，笑道：“兄弟，这你放心，富常这老鬼是回不来了！知道哥哥我的靠山是谁吗？山西布政使蒋洲，那是哥哥我的亲表兄！据他从上面得到的消息，西征战事一结，皇上就要让富常去职休致了！接替他的是松阿哩大人，和我表兄可是莫逆之交！今后绥远这地界，可容不得别人做主了！”

常万奎忙端起酒杯说：“呦，哥哥，兄弟今后更要仰仗了！要说起来，这都是命啊！早些年，有个云游的老道给兄弟算过一卦，说我的旺星在北方，有大贵人相助！原来这贵人就是哥哥呀！”

普喜哈哈一笑，端起酒杯，一饮而尽。随后，把酒杯一顿，目露凶光，阴狠地说道:“马骏一案,本官明日审结!三日之后,于北门外,午时三刻,开刀问斩!本官要借马骏人头,杀一儆百,场面自然会隆重,你兄弟一定记得来捧场!”说过,身体往后一靠,手顺势一带,早把银票划拉进袖子里了。

常万奎哈哈大笑,竖起大拇指说:“痛快!痛快!和哥哥办事儿,就是痛快!”

贾元也连连奉承:“仗义!仗义!大人真是仗义!常大哥能和大人交上朋友,小民有幸巴结上大人,那都是祖上修来的福分!”

普喜得意地狂笑,手中的铁球越转越快……

燕子轩面色苍白地打外边回来,大步流星地奔进内宅,三两下就打开钱柜,把仅有的几张银票胡乱塞进袖子里,调头就往外走。

沈玲玉好不容易把儿子哄睡着,就听外屋一连串的动静,从脚步听出是丈夫,嗔怪地追出来叫住他。可一见丈夫的神色,不由吓了一跳,忙问:“子轩,你这是怎么了?脸色这么难看?可别吓着玉儿!”

燕子轩顿足道:“玉儿啊,马骏要没命了,四门都贴告示了,三天后就要开刀问斩了!”

沈玲玉一张俏脸霎时也白了,喃喃自语道:“天!一直没动静,怎么说快,突然就这么快了?马骏其实无罪,说问斩就问斩,王法何在?天理何在呀?”

燕子轩长叹道:“唉!狗官见不到银子,自然就快了!俗话说,有钱能使鬼推磨!这话真是一点不假!王法在官,天理在心,都救不了马骏了!只好再拿银子赌一把了!”

沈玲玉蹙眉道:“乔先生不是说过,不要使银子了吗?你见过乔先生了吗?”

燕子轩摇头道:“乔先生一早就出去了,谁也不知道去哪儿了,至今还没回来呢!救马骏要紧,管不了许多了!”说着,疾步如飞地去了。

沈玲玉望着丈夫匆匆的背影,玉手轻轻捂在了心口窝……

燕子轩快马加鞭赶到归化城,于理事同知府门外千等万等,一直等到夕阳落山,才好不容易把普喜等到。

俩人入内坐定后,普喜狡黠地一笑,说:“燕大东家,你不来找我,我也要找你!马骏一案,铁证如山,本官已经结案,想必燕大东家也知道了!”

燕子轩忙说:“小民正为此事而来!马骏实属冤枉!大人不能听信一面之词,就判定他有罪!燕家商号内柜及多名伙计俱可举证,那常二公子蒙面盗马,伤人在先,实是咎由自取!望大人多方取证,再行重判!”说着,递过银票。

普喜看也不看,微微冷笑道:“国家律法,非是儿戏,岂能说推翻就推翻!燕大东家也太不晓事了!本官也是一片好心,才没传唤你燕家的人!细究起来,他们可都是帮凶!燕东家是不是想把他们也送进牢房!”

燕子轩强压着心头的火说:“大人,小民不敢,只求大人网开一面、法外开恩,留马骏一条活命!些许孝敬,请大人务必收下!”

普喜沉下脸说:“燕大东家,你这是想贿赂本官了?本官清如水、明如镜,一向洁身自好,岂会吃你这一套!”

燕子轩忙起身,连连作揖道:“小民不敢,小民不敢!”

普喜突然一拍桌子,厉声说道:“你已经敢了!你三番五次来扰本官,欲向本官苟且行贿!本官再三严词拒绝,不料你仍不知自省,妄想让本官推翻定案!真是顽梗不化、自不量力!要不念在你燕家有功于国,本官凭此就已将你治罪!还不给我出去!”

燕子轩再也忍不住了,指着普喜的鼻子骂道:“狗官!亏你还敢说洁身自好!你贪赃枉法,徇私舞弊,和常万奎、贾元狼狈为奸,草菅人命,迟早要有报应!”

普喜暴跳如雷:“你、你竟敢咆哮本官!来人呀,给我乱棒打出去!”

话音未落,门外呼啦啦闯进数名府丁,如狼似虎地扑上来,纷纷抡圆棒子,劈头盖脸地砸向燕子轩。

燕子轩骂不绝口,被打得头破血流。

那些府丁见他倔强,索性一拥而上,将他架举到空中,一气儿抬出府门外,重重地扔在地上,随即关上了府门。

燕子轩爬起来,咚咚敲打大门,边敲边骂,却再没人理会他……

常万奎在睡梦中被老婆的尖叫声惊醒。

尖叫声来自内屋,住着他的妻子耿金莲,还有年幼的女儿常玉婷,尚在襁褓中的儿子常玉祥,那可都是他的心尖儿宝贝。

常万奎毫不迟疑,一个箭步窜上去,拔出墙上的宝剑,闪身就扑进了内屋。

此时,天已蒙蒙亮,依稀可见屋内的情景。他的妻子和女儿紧紧抱在一起,蜷在被窝里瑟瑟发抖,眼中充满惊惧。

常万奎顺着娘俩的目光,抬头定睛一瞧,不由冷汗遍体、毛骨悚然,手中宝剑再也拿捏不住,咣当一声掉在地上,人也差点瘫软在地。

房中央的顶梁柱上方，端端正正地插着一支穿山镖，镖上坠挂着他再也熟悉不过的枣木摇车，摇车里自然就是他的宝贝儿子了。镖上的红绸飘坠下来，正好遮盖在他儿子的脸上，小东西不知是没睡醒，还是早已经没命了。

常万奎连连悲呼着："我的儿啊！"手忙脚乱地把那边的长桌拖过来，站到上面，摘下摇车，马上把脸轻轻贴在儿子的口鼻上，随即狂喜地叫道："哈哈，没事儿，没事儿，我儿好好的，还活着呢！"说着，跳下来，把儿子连车搁到炕上，三五下解开绑绳，把儿子赤条条地抱起来，左看右看、上看下看，又照屁股连拍数下，直到把儿子拍醒，哇哇大哭起来，这才放心地送到妻子怀里。

常万奎见儿子安然无恙，三魂六魄总算回附体内，这才有心思去琢磨柱子上的镖。再往上一瞧，他又发现了新问题，那支镖不光钉在梁柱上，还钉在一张折叠的竹纸上。

常万奎再次上去，费好大劲儿才把镖拔下来，顾不得跳下来，赶紧展开竹纸读。那张竹纸上赫然写道：马骏问斩之日，就是你一儿一女丧命之时；三日内不见马骏出狱，吾当掳走你爱子为质！江湖莽夫，不擅照护婴童，若有闪失，还请饶恕则个！

常万奎手捧竹纸，木立良久，突然脚一软，跌坐在桌子上……

燕子轩派人买来些熟食，准备叫上乔耀武，一起去牢里探望马骏。

可是推开门一看，都快到晌午了，乔耀武还在炕上熟睡呢，呼噜打得震天响。任凭他怎么叫唤，就是不给你醒过来。

燕子轩一赌气，索性不叫他了，独自骑马上路。一路上，他把气儿全撒在马身上了，一个劲儿地挥舞鞭子，一气儿就跑到了归化城大牢。

燕子轩来探过好儿回监了，自然轻车熟路了，把马拴在牢门前的树上，上前连连拍打木头牢门上紧闭的小窗。

不一会儿，木窗就开了，正好能看见一个人头。

燕子轩递过一小把散碎银两，说："狱头老七在吗？请他出来一见！"

那人说："等着！"转身就进去了。又一会儿，狱头老七晃晃悠悠地出来了，透过木窗扫了一眼，说："原来是燕大东家！"

燕子轩说："老七，我又来看马骏了！"边说边递银子。

狱头老七却不接银子，摇头道："燕大东家，对不住了！马骏已是勾了的死囚，按律不容探监！燕东家还是请回吧！"

燕子轩央求道："老七，你务必通融一下，我看上他一眼就走！"

狱头老七坚决地摇头道:"燕东家不要为难我了!我实在不敢通融!这万一让普喜大人知道,怪罪下来,我这饭碗可就算砸在燕东家手里了!燕东家勿怪,老七只好对不住了!"说着,就要关上小窗。

燕子轩忙伸手拦住,说:"老七,既然这样,我也不为难你了!只是带来些熟食,你务必给马骏带进去!"

狱头老七笑道:"这倒可以通融,燕东家拿过来吧!"

燕子轩忙把熟食连同一包银子递过去,交代道:"老七,马骏只有两天活头了,你多辛苦几趟,尽量去给他买最好的酒菜,剩下的银子都是你的了!"

狱头老七接过来,把银子掂量一下,眉开眼笑地说:"燕东家尽管放心,我保准伺候好马爷!"说着,关上了小窗。

燕子轩明知见不上了,但还是逗留了片刻,这才快快地往回赶。

燕子轩回到商号,把马交给伙计后,本想直接回后宅。可穿过当院的时候,瞥见乔耀武的住处,又改变了主意,拐了过来,径直推门进去了。

这一推门进去,再这么一瞧,燕子轩顿时直眉楞眼了。好家伙。大半天过去了,那乔耀武还在炕上熟睡呢,那呼噜还是打得震天响,那架势仿佛一辈子都醒不过来了。

燕子轩掩门出来,心头倍添烦躁……

贾元赶到常家商号的时候,常万奎已经等候多时了。

那常万奎面色灰白,双眼无神,木木地坐在那里,仿佛痴呆了一般。直到贾元连唤好几声哥哥,他才像大梦初醒一般,激灵一下挺直了腰,却又从怀里掏出样东西,咣当扔在了桌子上。那是一支拴着红绸的穿山镖。

贾元屁股刚要沾凳子,猛一见这东西,蹭一下又站直了,哆嗦着嘴角说:"哥哥,你、你这是怎么了?哪儿来的这东西?"

常万奎捂着心窝叹道:"兄弟呀!就这东西,迟早会要了你侄儿、侄女的命,也迟早会要了咱哥俩的命!"

贾元小心翼翼地坐下,眨巴着眼睛问:"哥哥,到底怎么一回事儿,你把兄弟我都搞糊涂了!"

常万奎把夜里发生的事儿一五一十讲了一遍,最后说:"兄弟呀,惹不起呀,哥哥心里直后怕呀!你想想,哥哥是多警醒的人,而且就睡在外屋,人家就在里边折腾,居然一点儿动静都没听到,那人的本事该有多么可怕!幸亏马骏还没问斩,要不然,你侄儿、侄女已经没命啦,就哥哥的人头也被人家摘走啦!哥哥这心啊，到现在还在嗓子眼儿直蹦跶呢！我的好兄弟呀，你说说，搁你身上该怎么办？"

贾元转动着眼珠问："哥哥，你的意思是放过马骏那狗崽子？"

常万奎点头道："你侄儿、侄女的命要紧！只好先便宜那狗崽子了！兄弟你再跟哥哥走趟归化城，把普喜那狗官约出来，咱还得使一遍银子！这银子哥哥花着心疼啊！"

贾元愤愤地说道："别说哥哥心疼，连兄弟看着都心疼！花那么多银子，可下要见仇家人头落地了，却又要使银子把仇家捞出来！这事儿怎么想都他娘的别扭！"

常万奎冷冷地说道："哥哥我心疼，是觉得便宜了普喜那狗官！至于马骏，他那条狗命迟早还是我弟弟的！让他逃过这一劫，未必不是好事儿，哥哥我的机会终于来了！这一回合，哥哥不但要马骏的狗命，还要把燕家从包克图连根拔掉！"

贾元挠头道："哥哥，这话兄弟就不明白了！"

常万奎微微一笑，问道："兄弟，你说燕子轩一家三口要回河曲，消息确切吗？"

贾元拍着胸脯说："那还有假？千真万确！张瘸子亲口告诉我的，说是燕老太爷想看太孙子。他一家三口要跟货走！就是恰克图的那批货，都在库里呢，足足有好几千驼！只是日子迟迟定不下来！"

常万奎冷笑道："不是定不下来，是马骏的事儿给耽误了！燕家比谁都急需银子！马骏这一出来，日子也就定下来了！到时候，你再给我办件事儿！这事儿非同小可，如果走漏一点风声，你我今后再不是兄弟了！"

贾元脸色一变，忙站起身说："哥哥吩咐，兄弟烂在心里就是！"

常万奎眼中凶光毕露，示意他坐下，压低了嗓音说："等燕家启程的日子定下来，你马上独自跑一趟黑土崖子，必须当面单独对飞龙大当家说，就说我出十万两银子要燕子轩一家三口和马骏的人头！"

贾元激灵一下，打了个寒战，随即迟疑道："哥哥，要是飞龙大当家不接这个活儿呢？"

常万奎嘿嘿冷笑道："由不得他不接！十万两银子不是小数目，燕家这批货更是值钱！再说……"说到这儿，他顿了一下，一指桌上的镖说："咱还有这好东西呢！"

贾元诧异地问道："哥哥，这镖和这事儿又有什么关系？"

常万奎笑道："兄弟呀，你真是好忘性！黑土崖子三位当家托你的事儿忘啦？除了他们要找的那人，包克图谁还有这样的本事？"

贾元一拍大腿，笑道："可不就是他吗！乔一镖，用的也是镖，铁板是他了！瞧兄弟这记性，还是我最先想到是他，只是听哥哥的话撂下了，时间一长，竟忘了个溜光净，还要哥哥来提醒！兄弟过去时带上这支镖，亲手交给飞龙大当家，那就算给燕家这五口勾来阎王爷的帖子了！哥哥真是好记性、好手段！既为兄弟报了仇，又拔了燕家这骨刺，还除去插镖留书的祸根！一箭三雕，实在太高明了！"

常万奎阴冷地说道："量小非君子，无毒不丈夫！也怨不得我常万奎了！走，兄弟！咱哥俩也该去归化城，拜会普喜那狗官了！"说着站起身，领贾元来到马圈。

马已经备好了，俩人翻身上马，策马扬鞭，直奔归化城驰去……

燕家商号后院，几个伙计正在套马车，车上载着一副柏木金边漆皮棺材，旁边放有寿衣寿帽，还有一个长方形的大食盒。

今天是马骏最后的日子，午时三刻就要人头落地了。燕子轩夫妇彻底失望了，昨天就备好了这些东西，今天一早就套车，准备去祭法场。

此时，俩人木然坐在屋子里，等伙计套好车来喊。燕子轩满脸悲愤，不住唉声叹气；沈玲玉梨花带雨，不停地抹着眼泪。也难怪。马骏这孩子，不但精明强干，还是个少有的活宝。不管什么人，只要和他呆上几天，这辈子也别想忘掉他。不管过多少年，只要一闭上眼睛，那诙谐的言谈举止马上就浮现脑海，清晰得仿佛是昨天。何况燕子轩夫妇，和他朝夕相处几年，已经对他有了深厚的感情。

沈玲玉悲悲切切地问："子轩，孩子的坟地定妥了吗？"

燕子轩叹气道："定妥了，就在祁太义地，那里埋的都是走西口的山西老乡，马骏他、他一定不会寂寞！"

沈玲玉抽抽噎噎地问："该打点的都打点好了吗？"

燕子轩点头道："打点好了！当班的刽子手打包票了，保准一刀完活儿；缝尸的裁缝也拍胸脯了，保证缝齐整，让肉眼看不出来！"

沈玲玉"哇"就哭出了声，扑到丈夫怀里说："听你这么一说，玉儿的心更要碎了！"

燕子轩拍打着她的后背安慰道："好了，好了，好玉儿，很快就过去了！"

就在这时候，刚刚还悲云笼罩的当院儿，突然爆发出沸腾的欢叫，一浪高过一浪，还有几人齐声高喊：“燕东家、内掌柜，快出来看呀！”

夫妻俩忙跑出去，定睛一看，揉揉眼睛再看，顿时都惊得目瞪口呆。

那午时三刻就要被开刀问斩的马骏，此时正掐着腰，生龙活虎地站在当院儿，对围着他的伙计们指手画脚、滔滔不绝地说着什么。

见燕子轩夫妇出来，他三步并作两步上前，噗通跪倒，眼含热泪道：“少东家、少奶奶的大恩大德，马骏没齿难忘！”说着连连磕头。

燕子轩一把将马骏拉起来，泪眼婆娑地看了又看，哆嗦着嘴角，却一时说不出话来，猛地张开双臂，结结实实地把他拥抱在怀里。

乔耀武双手抱肩，立在窗前，默默看着这一幕，眼角也不由潮润了……

7. 魂断商途

深秋的草原已经满目枯黄，萧瑟的秋风吹拂着寒意，燕家商号的驼队浩浩荡荡地逶迤在苍凉的秋野上，由北向南，渐行渐远，与天上南飞的雁群相映成趣。

这是一支庞杂的队伍。由几千匹骆驼、上百条巨獒、百八十匹马和几百号人组成。这几百号人包括领房先生、杂务先生、驼倌、马倌、狗倌、大夫，还有近百名护卫，分布在驼队的前后左右。除这些人外，就是燕子轩一家三口以及大扁担和马骏了。

驼队中还行进着一辆圆弧顶的帐篷马车，除了侧开门上的小窗外，其余部分都用厚厚的绿毡子包得严严实实，就连那扇小窗上也遮有布帘。燕子轩、乔耀武和马骏并马骑行在这辆车后面，说说笑笑很是开心。

燕子轩在给马骏讲这次去恰克图做买卖的事儿："往年都是用茶叶和俄罗斯商人、蒙古商人交换货物，还从来没这样大批量地赊过货。说实话，我心里也没底！没想到，燕家的信誉这么值钱，俄蒙商人这么信任我们燕家！买卖就这么做成了！不过，价格上我主动都给抬了抬，毕竟咱们是空手求人家的货！"

正说到这儿，前面车上车窗的布帘挑开了，探出个小孩子的头，边招手边喊："爹，你快来，快来呀！"

燕子轩摇头苦笑，只好驱马上前。

车厢里传出沈玲玉清脆的声音："南北，不要烦你爹了好不好？这刚走大半天，你都喊你爹好多回了！"

小孩子撒娇道："就喊，就喊，人家找爹问事儿呢！"

这个眉清目秀、活泼可爱的孩子就是燕子轩的爱子燕南北，今年刚满八岁。

小家伙头一次出家门，一路又这么热闹，自然瞅什么都稀奇，总想搞明白，不住地问这问那，把母亲问烦了，又开始缠磨父亲了。

燕子轩用马鞭轻点一下他的小脑袋，笑道："南北，你又想问什么了？"

燕南北眨巴着小眼睛问："太爷、爷爷家还远吗？太阳落山前能到吗？太爷、爷爷家大吗？能住下这么多人、这么多骆驼、这么多马、这么多狗吗？"

燕子轩笑道："你太爷、爷爷家远着呢，要走好几十个太阳落山呢！你太爷、爷爷家大着呢，不过呀，骆驼要住驼圈，马要住马圈，狗在外面守夜，这些人也有各自的住处，就咱一家三口住你太爷、爷爷家！"

燕南北惊讶地叫道："天，几十个太阳落山？那天黑了咱睡哪儿啊？我和娘睡车上吗？爹和乔伯伯、马骏哥哥睡马上吗？"

燕子轩哈哈大笑："天黑了要搭帐篷住，哪能睡在车上和马上！再说，马累了也要睡觉呀！"说到这儿，他又用马鞭轻点他的小脑袋一下，说："好啦，这回不许再烦爹了，爹还要和你乔伯伯、马骏哥哥说话呢！"

燕南北撅着小嘴说："那好吧！"缩回脑袋，把窗帘放下了。

燕子轩略兜马回来，继续和乔耀武、马骏并驾齐驱，刚要继续刚才的话题，燕南北的小脑袋又从车窗探了出来，边招手边喊。

不过，他这回喊的不是自己的爹，而是在叫马骏："马骏哥哥，快来，快来呀！"

这回轮到马骏头疼了，向两人扮了个无奈的鬼脸，连连答应着跑上去了……

燕子轩和乔耀武相视一眼，不由哈哈大笑。

说说笑笑间，夕阳渐渐西坠，晚霞如火如荼，映红了远处的天际，映红了脚下的茫茫苍野，也映红了一张张疲倦的脸。

漫漫长途中的第一个夜晚就这么降临了……

杨豹子回到黑风寨，把马交给马崽后，马上就去找大哥飞龙。

可是找遍了整座山，也不见飞龙的影子，连二哥韩柱子也没影儿了。杨豹子只好闷闷地坐在大厅等，越等越来气，独眼里直冒火光。

大厅里还有两拨土匪，一拨吆五喝六地喝酒划拳，另一拨热火朝天地推牌九。谁也没留意到杨豹子的脸色极其难看，已经是火山爆发的前兆了。

突然，杨豹子站起身，腾腾腾几步窜下来，飞脚把两张桌子都踢飞，厉声吩咐道："都他娘的给我出去找！找不回你大爷和二爷，谁他娘的也不许回来！"说着抡起马鞭,追着这些土匪胡乱抽打。

土匪们呼啦啦往外跑,刚跑出大门,迎面正撞上背着一头死狼的韩柱子。

韩柱子拉住还要追撵的杨豹子,问道:“三弟,回来啦?你这是怎么了?”

杨豹子阴沉着脸,瞪起独眼说:“二哥,你真好心情,仇家都快到黑土崖子了,还有闲心去打狼呢!大哥呢?”

韩柱子眨巴着眼睛说:“大哥?大哥不在山上吗?”

杨豹子跺脚道:“要在山上,我还能问二哥你吗?大哥他也真坐得住,眼瞅着仇家越来越近了,大嫂的仇马上就可以报了,还是不急不慌!把兄弟我都快憋疯了!”说到这儿,他捂着那只瞎眼,仰天嚎叫道:“狗娘养的乔一镖,还爷爷的眼睛来!”

韩柱子一拍大腿,叫道:“三弟,你这一提大嫂,我想起来了!大哥一早一个人往后山去了,肯定又去陪大嫂了!”

杨豹子的脸色缓和了下来,叹口气说:“唉,大哥这是何苦呢?我这就去后山,把大哥找回来!”说着就要走。

韩柱子一把拉住他,说:“三弟,等一下,咱哥俩也好久没去看大嫂了,不如就现在备上东西去祭拜一番!”

杨豹子连连点头:“还是二哥想得周到!”

于是,俩人吩咐下去,很快备齐祭物,让一个马崽挑着,步行来到后山。

黑土崖子是一片沙棘丛生的荒漠。除了沙棘,几乎看不到其它植被。可就在这片荒漠的深处,却有几座连体的山坡,不但沙棘尤为密集,还遍布着高大的杨柳树。也不知什么时候开始,就成了土匪窝儿。为争夺这片山头,各路土匪没少火拼。不是人强马壮的绺子,就算一时占据山头,也站不稳脚跟,没两天就被撵跑了。如今这片山头属于黑风绺子,也就叫黑风寨了。

黑风寨后山有一座孤坟,坟头竖着长条石碑,碑上刻着“贤妻马金氏之墓”。这个马金氏就是黑风寨大当家飞龙的压寨夫人、南北道上赫赫有名的“小凤姑”了。

飞龙果然坐在妻子的坟前,正叼着大烟袋,不停地吞云吐雾。听到脚步声,他回过头来,见是他俩,起身笑道:“二弟、三弟,你俩来了。三弟辛苦了,什么时候回来的?”

杨豹子答道:“回来有时辰了,到处找大哥,怎么也找不到,大哥原来看大嫂来了!等我和二哥祭拜过大嫂,再跟大哥你细说!”

飞龙摆手道:“不忙!三弟,先谈正事儿!你这回下山顺不顺?其它山头都知会到了么？点子踩到哪儿了？咱要的人真在吗？”

杨豹子一一回道：“各山头都知会到了！就照大哥的吩咐，只提到燕家一家三口，不管哪个山头得手，黑风寨只要这三个人头，人头换赏银，十万两分文不少！点子还没踩过线呢，不过也就是三两天的事儿！咱要的人真他娘的在！好几个兄弟都搭眼了！千真万确，就是乔一镖那狗娘养的！”

飞龙满意地点点头，刚要说话，韩柱子嚷嚷了起来：“大哥，我就不明白了，好肥的一只羊，咱自己不会抓来吃？还放哪门子的风声，搅得人人都去抢？这要便宜了别人，人家吃肉满嘴流油，咱在一旁吧嗒嘴呀？”

飞龙笑道：“二弟放心，这只肥羊跑不了！南北道上，除了咱哥仨，还有谁能是狗娘养的乔一镖的对手！好兄弟呀，燕家的驼队不好惹，那是上百人的武装护卫队，虽没咱山上的弟兄多，可要硬拼起来，弟兄们也少不了伤亡！咱让别的山头先拼着，等把燕家的人马耗得差不多时，再上去捡便宜！明白了吗，二弟！”

韩柱子挠着头呵呵笑道：“明白了，明白了，大当家就是大当家，我韩柱子服了！”

飞龙哈哈一笑，又对杨豹子说：“三弟，你再多派些兄弟下山，一定要盯紧了肥羊！咱兄弟明天也动身，走在燕家驼队的前头！他们走快了，咱就紧走两步；他们走慢了，咱就歇一歇！只要时机一到，马上调头就他娘的下手！”

杨豹子摩拳擦掌地答道：“好，兄弟知道了！”

随后，飞龙让马崽摆上祭品，亲手点上三支清香，等柱子和豹子烧过鬼票子，又让马崽倒满三碗酒。

三人奉着酒碗，迎着萧萧秋风，肃立在小凤姑的坟前，身后的披风高高鼓起，好似船帆抖动。

飞龙的脸上渐渐弥漫杀气，眼中却有泪光闪动，哽咽地说道：“贤妻，好让你高兴，杀你的仇人近在咫尺了，为夫定要亲手取他的狗命，用狗头祭你的亡灵！”说过，拜了又拜，把酒泼洒在坟前，将酒碗摔得粉碎。

韩柱子和杨豹子亦步亦趋，也是拜了又拜，把酒泼洒在坟前，将酒碗摔得粉碎。

随着三声碗碎之响，引来一阵呱呱尖叫，从坟旁的大树上飞起一群老鸹，黑压压地在半空中盘旋……

燕家的驼队长蛇一般蜿蜒行进，驼铃声被朔朔劲风传送出老远。

不知是哪个驼倌挑头，唱起一首高亢的蒙古族歌，顿时好多人齐声共唱。

歌声伴着驼铃声回荡在秋野上，不时惊飞草滩树丛中栖息的群群鸟雀。

驼队中的多数人是蒙古族，但也有不少走西口的山西人。在一首首或悠扬或粗犷或激情或诙谐的蒙古族歌声中，突然有人异军突起，唱起了一首悲凉的《走西口》：哥哥你要走西口，哎哟，小妹妹我实在难留，手拉住那哥哥的手，送哥送到大门口。哥哥你呀走西口，哎哟，小妹妹我送你走，怀抱你那梳头的匣，两眼泪双流……

这首歌凄婉、缠绵，如泣如诉，把这些走西口的汉子带进一幅酸楚的画面：阴沉沉灰茫茫的天宇下，几株枯树枝叶飘零，破旧的村落路旁，爱人向自己哭诉离愁别绪……好多人的心弦被触动了，边唱边掉起眼泪。燕子轩和马骏的眼圈也红了。

只有乔耀武，好似铁石心肠，不受丝毫感染，一双虎目炯炯放光，留意着路上来去的每一个人。待这首歌唱罢，大家的情绪平静下来，他淡淡地问燕子轩："燕东家，燕家的驼队可曾被土匪劫掠过？"

燕子轩笑道："常在河边走，哪有不湿鞋。燕家的驼队没少让土匪劫掠！好几次刚出恰克图，就有马匪撵上来。人彪马快，呼啸而来，人不离马，俯身即掠，转眼渺无踪迹。所幸燕家有备无患，已把大量粗制银器熔铸成银锭，每块重达1000两，用特制马车拉运。马匪无法俯鞭掠取，只好弃之而去。燕家才没有遭受太大损失。不过包克图以南这条路上，倒一向平安无事。一来，燕家的护卫队人强马壮，小股土匪不敢来犯；二来，大股土匪忌惮燕家声势，怕惊动朝廷，惹来绥远城官兵剿杀！"说到这儿，他霍然转过头，警醒地问道："乔先生，是不是有什么不妥？"

乔耀武点点头，微微冷笑道："燕东家，这一趟不会太平了，这一路已经被好几股绺子来踩过盘子了，今天来得尤为频繁，看来天黑前的路不好走了！"

燕子轩皱紧了眉头，吩咐马骏道："你去告知大伙儿，前面有土匪，加倍留神！"

马骏去而又返，三人不再说话，默默地赶路。

此起彼伏的歌声停息了，长长的队伍忽然静了下来，只有驼铃声无休无止、不绝于耳，仿佛敲打在心头，让人倍觉压抑。

就在这压抑的行进中，从后面忽然传来急促的马蹄声，几十匹快马贴着驼队的左侧飞一般驰来，接近马车时纷纷勒马，有一人朗声喊道："燕东家！燕东家！"

燕子轩应了一声，和乔耀武、马骏并马迎了过去，燕家的一股护卫队也朝这边飞马赶来。

那人在马上拱手道："燕东家，兄弟丁大锤，也是山西人，灾荒年走西口，半道儿落草为寇，辱没了祖宗，具体哪儿就不说了！今天匆匆赶来，没有一点恶意，只为告知燕东家，有人出十万两银子买你一家三口的人头！至于是什么人，兄弟也实在不知！前面不远就有突变，燕东家多多保重！"说着就要勒转马头。

燕子轩抱拳道："丁大当家，劳你远来报信，燕子轩承恩多谢了！"

那人笑道："不敢当！燕家是仁善之家，灾荒年不知救下多少人命，就连兄弟我也没少吃你燕家的舍粥，要谢也是兄弟谢你燕家！唉，兄弟我人少马弱，想帮燕东家也是心有余而力不足，只好遥祝燕东家吉人天相了！"说着一声吆喝，率众狂驰而去。

望着那伙人身后卷起的尘土，三人的脸色都非常难看。尤其是燕子轩，面无血色，目光呆滞，心头只有一个念头在翻腾："是谁？是谁？是谁……"

夕阳摇摇欲坠，晚霞映红了天边。翻过前面一座缓坡，就该安营搭帐了。

突然一声呐喊，犹如平地惊雷，从缓坡上俯冲下来大队人马，如狼似虎地拦在路上。前面的驼队顿时大乱，人喊马嘶狗吠，好半天才平息下来。

燕子轩不敢怠慢，双腿一夹，一人一马箭一般驰去。马骏刚要拍马跟上，就被乔耀武叫住了，说了声："你护住马车！"自己却一阵风似的上去了。

燕家的护卫队已经一字排开，亮出兵刃，严阵以待。

对面那些人胯下骑好马，手中握马刀，披头散发，面目狰狞，显然不是一般土匪，而是一群马匪，足足有二百人，纷纷挥举马刀，口中吹着尖哨，耀武扬威，跃跃欲试。

燕子轩见马匪人多势众，心头不由一紧，问身边的乔耀武："乔先生，如何是好？"

乔耀武不住冷笑，说："燕东家，你上去搭话，让乔某探探底？"

燕子轩驱马上前，放开嗓音喊道："对面是哪路英雄？燕家商号燕子轩请教！"

对面的叫嚣声戛然而止，却有一人哈哈大笑，扬声说道："幸会，幸会，兄弟野狼寨郎老七！燕大东家，对不住了！你我往日无仇、近日无怨，兄弟却大老远跑来，不但要定了你这些货，还要你一家三口的人头！"

这话一出，燕子轩脸色顿白，身后的众护卫齐齐变色，就连乔耀武也暗暗一惊。

让乔耀武暗暗一惊的是，这伙儿马匪恶名远扬，在南北道上仅次于黑风绺子，却比黑风绺子更加神出鬼没，相当难缠。让众护卫齐齐变色的是，郎老七已经明说了，不光要劫货，还要杀人，这就没有丝毫转圜的余地了，只能用刀子来说话，首当其冲的就是他们。

这边一时噤若寒蝉，那边却又叫嚣起来。郎老七高高扬起马刀，眼瞅着一声令下，匪群就要如狼似虎地扑上来了。

乔耀武暗叹一声，突然厉声喝道："郎老七，有我乔一镖在此，哪容得你嚣张！"说话间已经驱马越过人众，威风凛凛地横在驼队前面。

马匪们都愣住了，郎老七也愣住了，好半天才回过神儿，倒吸口凉气说："原来是黑风寨乔四当家，听说你反了窝儿，难不成做燕家的护卫了？"

乔耀武冷笑道："郎老七，让你说中了！有乔某这护卫在，谁敢取我东家的人头！郎老七，听乔某一句良言，燕家乃大仁大善人家，你还是不要蹚这趟浑水了！"

郎老七也冷笑道："四当家，郎某也知道你的威名！不过，就凭你几句话，便喝退我野狼寨这么多弟兄，还让我兄弟怎么在道上混！四当家还是露上一手，让我郎老七称称分量，也好让我这些弟兄没得说！"

乔耀武依然冷笑道："郎老七，既然如此，乔某献丑了！"

说时迟那时快，一道红线箭一般飞去，直入郎老七胯下马的左眼。只见红光迸现，那匹马狂嘶一声，高高扬起前蹄，将郎老七重重摔在地上。匪群一阵大乱，纷纷围拢上去，将郎老七从地上扶起。

郎老七换了匹马，打马上前，双手抱拳道："四当家，多谢手下留情，我郎老七这就告辞了！"说着一声尖哨，率匪众呼啸而去，转眼就没入秋黄中。

燕家的护卫们欢呼起来，乔耀武的脸色却愈发沉重……

几千匹骆驼头尾相衔，围成一道道坚固的肉墙。肉墙内支起了几十个临时帐篷，人睡在帐篷里，马睡在帐篷外，狗守夜，都在用骆驼圈成的厚厚的防线里。护卫们轮流巡夜，往来穿行在驼阵中。

夜已深了，该睡的都睡了，除了驼马的鼻息，以及偶尔的狼嚎，再没有任何动静。

乔耀武和马骏却睡不着，坐在外面的篝火旁，呆望着灼灼的火光出神。好半天，乔耀武好似下定了决心，一顿手中的大扁担，对马骏说："去，把燕东家请来！"

马骏应了一声，站起身，却又说道："师父，都这般时辰了，燕东家早该入睡了吧？"

大扁担淡淡地笑道："他要能睡着就怪了，你尽管去叫！"

燕子轩果然睡不着，睁眼躺在那儿发呆，满脑袋都是问号。听到马骏轻轻地唤他，低声应了一声，轻手轻脚地出来了。

乔耀武把燕子轩叫来，却好一会儿也不说话。刚才是两个人瞅着火光发呆，这回是三个人望着火光愣神儿。

不知干坐了多久，乔耀武终于叹了口气，好似自言自语地说："燕东家，乔某实名耀武，也是山西人，家住得马水南岸，离你们河曲也就三十里地。我爹饱读诗书，却连秀才也没考上；我娘出身武林世家，有一身好武艺。我兄弟二人，哥哥耀文大我八岁，打我出生就照看我，我哥俩感情极深。爹娘希望俩儿一文一武，但我哥俩情趣相投，文上有限，武上着实都下了功夫，哥哥擅使棍棒，而我镖法出众。在我十二岁那年，哥哥也走了西口。头五年还有过书信和银子，后五年干脆就杳无音信了。我坐不住了，不顾父母的百般阻拦，硬是跑出来找哥哥。这一找，又是十个年头……"

马骏问道："师父，后来找到了吗？"

乔耀武好似没听到一般，继续说道："这一年，我路过黑土崖子，遇到十几个土匪盘道。我心灰意冷之际，一时按捺不住，将他们全都打翻在地。我拍打拍打身子，正要离开，突然从坡上下来几十匹快马，将我团团围住。为首一人跳下马，走到我面前笑道：'兄弟好硬的身手，不如随我上山，大块吃肉、大碗喝酒，大秤分金、小秤分银，岂不快活？'我当时心头一动，暗想，这么多年找不到哥哥，莫非早就被土匪害了？便一口应承下来，入了黑风绺子。不到半年，就做了四当家……"

说到这儿，他抓起酒囊，猛灌了两口，接着说道："有一天，我带人清理库房，意外地发现了这根扁担。这根扁担我再熟悉不过了，那是哥哥临走前，娘亲手给他做的，又粗又沉又硬，实是防身的武器。我不动声色地套问，有个老匪说出了来由。原来，我哥哥挑着货担，也是路过黑土崖子，被一群土匪拦住，一根扁担全部放到，惊动了飞龙，邀他入伙儿不从，竟将他杀害。我暗暗寻找机会，要给哥哥报仇。终于有一天，趁飞龙酒醉之时，我潜入他的住处行刺。谁料想，小凤姑舍命救夫，挡了我致命的一镖。我只好逃下山。飞龙哪肯放过我，一路追杀到包克图。所幸机缘巧合，得遇燕东家相救，从此敝身于燕家商号，直到今天！"说到这儿，他淡淡笑道："燕东家，乔某今夜对你诉说这些，你可明白何意？"

燕子轩若有所思地点点头，随即又连连摇头："先生必有深意！只是子轩愚钝，好似明白了一些，却又毫无头绪！"

乔耀武目中精光一闪，缓缓说道："若是乔某所料不差，黑风绺子就在前面了！他们并非冲乔某一人而来，也有你燕东家一家三口，就连马骏也在其内！"

马骏惊讶地瞪大了眼珠，张张嘴，只说了一个字："我？"

燕子轩却一把抓住了乔耀武的手，面无血色地说："乔先生，难道真是常家？为抢我燕家的生意，常万奎真下得了这般毒手？"

乔耀武拍拍他的手说："燕东家，你是仁义之人，不知世道险恶！那常万奎既然能和贾元称兄道弟，自然也能和土匪勾结！"

燕子轩缓缓松开手，捧住自己的脸，颓唐地说道："子轩并非怕死，只是何忍眼睁睁看着爱妻幼子惨遭杀害，每每思及便如万箭穿心！先生教我，该如何是好？"

乔耀武霍地坐直身子，目光炯炯地说道："燕东家，让马骏唤你正是为此！黑风绺子人强马壮，匪性凶悍，就算你燕家护卫肯以死相拼，也不过是螳臂当车！飞龙武艺高强，尚在乔某之上，何况还有左膀右臂！好在乔某有飞镖绝艺，连飞龙也要忌惮三分，要想独自逃生，并非不能！燕东家，危急关头，乔某只好抛下一切，带着南北逃之夭夭了！乔某力之所及，也只有保你儿一命了！"

燕子轩缓缓站起身，双眼饱含热泪，深深一揖道："乔先生，南北就托付给你了！大恩大德，子轩来世再报！"

乔耀武也站起身，俩人紧紧拥抱在一起……

呜呜，呜呜……一阵阵海螺号的声响。

燕子轩太熟悉这个声音了。绥远城官兵每年春秋各有两个月的操练，富常将军多次邀请他前去观看。八旗满洲佐领、防御、每员海螺一个，每年开操日起，就会派能吹兵丁赴四城上吹演十五日。再有，燕家商号的驼队每次从包克图出发之时，将军府都会派一支八旗兵前来助威，吹奏的也是海螺号。所以，曾经在燕子轩听来，那是种非常亲切的声音，而且充满了安全感。

可是今天，走在人迹罕至、杂草丛生的荒野上，陡然听到海螺号的声音，燕子轩非但不觉亲切，后背瞬时竟沁出冷汗。

随着海螺号的声响，前面三座坟头般的草坡上突然站满了人马，一个个披头散发，好似一群刚从坟圈里钻出的恶鬼，居高临下地狂呼乱叫。

没等大家定下神儿，忽听一声尖利的响哨，这些人马手摇兵刃，齐声呐喊，如泼墨般俯冲下来,呈扇形逼拢到燕家护卫队近前,纷纷勒住马缰。

有一人扬声喊道:“爷爷黑风寨飞龙,率弟兄们前来寻仇,只要乔一镖人头!燕家人等放下兵刃,可放你们活路!否则刀刀断头,赶尽杀绝!”

乔耀武闻听这话,冷笑一声,对燕子轩说:“飞龙果然狡猾,仅此一言,就让乔某成众矢之的,也让你燕家护卫心存侥幸,斗志大减!若不是乔某早已心中有数,定为此言愧疚在心,再不肯独自逃生了!”

燕子轩淡淡一笑,平静地说道:“子轩明白!乔先生,我儿南北就托付于先生了,你这就带他去吧!”说到这儿,忽似又想起了什么,一拍脑袋,在马上抱拳道:“乔先生,除此之外,子轩还有一事相托!”

乔耀武抱拳还礼道:“燕东家但说无妨!”

燕子轩从怀中掏出一个荷包,双手递给大扁担说:“乔先生,您也知道,这些货物都是从恰克图赊欠来的!荷包里装着的就是货主的名单,决没有一个遗漏,该给人家多少银两也写得明明白白!先生送南北回去的时候,务必把它一并交给我爷我爹!我燕子轩人可以不在,欠下的商债不可以不还!”

乔耀武双手接过,恭敬地说道:“乔某一定不负燕东家所托!”

俩人说话间,沈玲玉已经从马车上下来,牵着燕南北走到三人马前。她也是一脸平静,俯下身子,抚摸着儿子的脸说:“南北,爹娘有重要的事儿要办,我儿懂事儿,先跟你乔伯伯去太爷家好吗?”

燕南北摇摇头:“不嘛,不嘛,我要跟爹娘一起走,晚上南北还要跟娘睡呢!”

沈玲玉强忍着夺眶的泪水,一遍遍抚摸着儿子的脸说:“娘的好儿,你不常说你是男子汉吗?爹娘是要看看你敢不敢离开爹娘!你和乔伯伯走在前头,爹娘偷摸就跟在后头了!我的好儿,你说好玩不好玩?”

燕南北高兴了,搂着娘的脖子说:“娘,你要和南北玩藏猫猫吗?你和爹离远点儿,别让南北看见,要不就不好玩了!”

燕子轩狠狠地抹了一把泪,从马背上跳下来,笑着张开双臂说:“来,我的乖儿,爹送你上乔伯伯的马背!”

燕南北雀跃着扑进他怀里。

燕子轩抱起儿子,在他粉嫩的脸上狠亲一口,随后一咬牙,把他送上马背,让他紧贴乔耀武的后背,将俩人连腰紧紧缠绑在一起。

燕南北感觉出了不对劲儿,边挣扎边哭喊起来。燕子轩夫妇狠下心肠,再不理会儿子,一起给大扁担深施一礼,说:“乔先生一路保重!”

乔耀武在马上抱抱拳,又深深地看了一眼马骏,正要兜马狂奔而去。马骏突然喊道:“师父且慢!”说着跳下马,扑通跪倒在地,给大扁担连磕三头,又给燕子轩夫妇连磕三头,这才站起身说:“既然徒儿也是匪群欲杀之人,不如就由徒儿引开一股土匪,师父再走不迟!”说话间,人已在马背上,拔出腰刀,一抖马缰,飞一般迎着匪群掠去,口中大声喊道:“小爷爷马骏在此,先走一步,不必相送!”随即一转马头,向东北方向狂驰而去。

只听匪群中一声高喝:“三弟,给我追!”霎时有几十名土匪快马加鞭,追赶了上去。

乔耀武见马骏跑远,再不停留,说声保重,猛地勒转马头,手中扁担连连敲打马臀,向西北方向狂奔而去。

匪群早就看在眼里。一人气急败坏地喊道:“那是狗贼乔一镖,二弟快快去追!”就见数十匹快马一阵风似的追去了。

燕子轩扭过头,爱怜地望着妻子说:“玉儿,咱俩这就过去吧!”

沈玲玉嫣然一笑,轻轻地点点头。

燕子轩把妻子抱上马背,自己也翻身上马,紧紧搂着妻子的蛮腰,把脸贴在她柔嫩的耳垂边,就那么一路驰到驼队的前面。

众目睽睽之下,他翻身下马,牵着马缰绳向前几步,朗声喊道:“飞龙大当家!”

对面打马走出一人,也朗声喊道:“燕大东家!”

燕子轩久久盯着这人,似乎要盯进他的骨头里,好半天才说道:“大当家欲取我夫妻的人头,如今拱手送来了!大当家叱咤绿林,想必不会难为我燕家这些人众吧?”

飞龙哈哈笑道:“燕东家,不想你一介商人,竟也如此豪气,马某失敬了!真佛面前不烧假香,马某的确来取你一家三口的人头!拿人钱财,与人消灾,马某也只好得罪了!至于你燕家这些人众,只要扔掉兵刃,卸下货物,赶着骆驼速速离去,马某绝不会为难!”

燕子轩回过头,对燕家的护卫们说:“大家照飞龙大当家的话去做!巴根兄弟,你给大家带个头吧!”他说的巴根兄弟,就是燕家驼队的护卫队长。

可是他连说了三遍,那巴根无动于衷,众护卫也没一人扔下兵刃,所有人的脸上都是一副决然的表情。

短暂的沉默中,有一名护卫突然爆发道:“奶奶的,爷爷跟你们拼了!”单人独马就奔匪群冲杀了过去。马上有三名土匪迎上来,和他厮杀在一起。这名护卫已抱必死之心,刀刀都要同归于尽,眨眼身中数刀,血迹斑斑,就在被砍下马之前,还将一名土匪的左臂砍断。

几声怒喝,又有几名护卫冲杀了过去,和一群土匪混战在一起,只见刀光剑影,血肉横飞,好一场厮杀。飞龙的脸色越来越难看。

燕子轩再不迟疑,大叫一声:“大家住手,放下兵刃,否则燕子轩死不瞑目!”说话间已拔出腰刀,双手横握,一咬钢牙,猛地划过自己的脖颈,一道红线窜出,人已经直挺挺地躺在地上,双眼大大地睁着。

两边同时静了下来,所有目光都凝聚在燕子轩的尸身上。就在这死一般的寂静中,沈玲玉从马背上飘然下来,姗姗走到丈夫跟前,俯下身子,轻轻为他合上双眼,随即捡起地上的刀,回头嫣然一笑,刀锋划过玉颈,娇躯如蝶一般轻旋,扑倒在丈夫的身上。

咣当一声,巴根扔下马刀,随即抱头痛哭。随着他的哭声,所有燕家的人都哭出了声,哭声中夹杂着噼里啪啦的刀剑落地声。

驼倌们边哭边开始按飞龙的吩咐,从驼背上卸下货物。

巴根打马走到飞龙面前,瞪着哭红的眼睛说:“飞龙大当家,燕东家夫妇已经如你所愿,就让我们运回去葬了吧!”

飞龙点头道:“燕东家夫妇如此刚烈,倒叫马某颇有些敬重了,人头不要也罢!”

护卫们赶来那辆马车,把燕子轩夫妇和几名护卫的尸体一起装到车上,护持着马车顺着来路往回走,驼倌们赶着骆驼跟在后面,渐渐从匪群的视野里消失了。

飞龙收回目光,突然大喝道:“弟兄们,都他娘的别愣着了,快挑那值钱的尽量带上,其余的给我一把火烧了!”

好一阵翻拣之后,燃起熊熊大火,土匪们一声欢呼,纷纷调转马头,呼啸而去,身后拖起长长的烟尘。

荒凉的野地恢复了死一般的寂静,只有秋草瑟瑟,风声鹤唳,仿佛在哀鸣。

浓浓的血腥味引来一群老鹰,却因火光不敢俯冲下来,只是黑压压地盘旋在空中,愤怒地嘎嘎尖叫着……

下卷　风雨燕归来

乾隆三十三年鬼节的这一天，也就是现行农历的七月十五日。

河曲县西口古渡边，照往年一样，又挤满了神情哀默的人，几乎都是老弱妇幼。

黄河水轻轻拍打着河岸，几十条船已经解开缆绳，每条船上都摆满了大大小小的罐瓶、瓷碗，里面都亮着烛光。这就是河曲人每年鬼节都要放人黄河的河灯了。

山西这个地方，“无平地沃土之饶，无水泉灌溉之益，无舟车鱼米之利，乡民惟以垦种上岭下坂，汗牛痛仆，仰天续命。”无奈，男人只好抛下妻儿老小，背井离乡，去走西口。

然而，走西口是一条充满血泪与艰辛的路。它更像是一种赌博，和命运、和老天爷的一种赌博。赌注就是自己的一条生命。成功者是少数中的少数，大多数人命运凄惨，甚至客死他乡，尸骨无存。

要命的首先是恶劣的自然环境，除了一望无际的草原，就是茫茫戈壁和沙漠，冬季的气温达到零下四十度，夏日的酷暑能把人畜烤晕，加上往往几百里不见人烟。遇到暴风雪，道路不通，只能坐等冻死；走在大漠中，稍不注意，就会迷失方向，活活饿死和渴死。万一生病，能简单诊治就治一下，治不了的急症只有等死。死后就地掩埋，可不久就会被狼和野狗扒出来吃个精光。

再有就是土匪和狼群。草原狼强悍、狡诈、凶残、耐性，而且往往成群结队，就连庞大的商队也常常受到狼群袭击，何况那些三五结伴的小商小贩，只要遇上，万难幸免。还有两条腿的土匪，比四条腿的狼更凶残。他们出没无常，杀人越货，绑票撕票，无恶不作，不知多少人被抢被劫，葬身在荒草沙蒿里头。

至今在走西口的路上，还能看到山西人的头骨、尸骨，白骨累累。

有多少人死在了走西口的路上？当时没有统计也无法统计。但我们可以从点了解面。据有人调查，当时因走西口在内蒙古定居的河曲人就达20万之多，而现在的河曲县也不过16万人口。当年仅仅一个县就有这么多人走西口，山西全省有多少呢，肯定得是一串很长的数字，数字上血泪斑斑。

由此，便也有了河曲人每年一次的放河灯。

那幽幽亮着的每一盏灯代表了一个孤魂，放灯的人希望这些顺流而下的河灯能把亲人的灵魂带回故乡。

如今，一盏盏河灯已经在船上，一条条船业已整装待发，就等老船夫一声令下，在岸边所有人的目送下，把船开到黄河中央，再把灯一盏一盏放下去……

目送河灯的人群中，伫立着一个英俊的后生，身后背着鼓鼓的行囊。

在盏盏河灯渐渐飘远、星星点点的光亮终融入夜河的那一刻，他满脸都是泪水。

他就是燕南北。

此时此刻，面对此情此景，他的心头只有两个字，那就是仇恨，刻骨的仇恨。

人群散尽，涛声依旧。

燕南北跪在黄河边，对着奔流的河水说道：“爹、娘、师父、耀文伯伯，南北一定为你们报仇雪恨！你们在天有灵，保佑我早日寻到仇人！”说到这儿，他霍地站起身，箭步流星地离去，再没有回头。

夜色吞没了他的背影，黄河水终归平静……

8. 荒野孤店

燕南北砸开香客来客栈的时候，已是夕阳西坠、晚霞似火的黄昏时分。

自走进黑土崖子，就像闯进了死寂的地狱，除了丛生的沙蒿，以及偶尔两声凄厉的狼嚎声，再没有任何生命存在的迹象。

而香客来客栈却是另一番景象。打老远就能听到此起彼伏的划拳、叫骂、醉歌声，一浪高过一浪，仿佛要把房顶掀开。一排大红灯笼高高在挂，于夜风中轻轻摇曳着，仿佛风骚迷人的张三娘飘舞的红裙。

张三娘就是这家客栈的主人。在荒无人烟、狼群出没、土匪横行、杀人越货的黑土崖子开着独一无二的客栈，自然不是一个简单的女人。南来北往的客商都知道，只要住进香客来客栈，把买路钱交到张三娘白嫩的手心里，那就像买了护身符，一路上就可以高枕无忧了。否则，说不定第二天，就要横尸在荒草萋萋的黑土崖子上，成为狼群的美食了。

燕南北慕名来到这家龙蛇混杂的客栈，是为打探黑风寨三个匪首的下落。

时过境迁，物是人非。黑土崖子还是当年的黑土崖子，可是盘踞在这里的早不是黑风绺子了。原来，黑风绺子当年对燕家的恶行震惊朝野，乾隆爷为之雷霆震怒，下旨令绥远、杀虎口两地官兵剿杀。经过三次围剿，只跑了三个罪魁祸首，其余匪众被杀光殆尽。野狼寨郎老七乘虚而入，占据了黑土崖子，黑风寨从此改名为野狼寨了。这个张三娘就是野狼寨郎老七的女人。据说，是因为和压寨夫人争风吃醋，两个女人绑不到一个槽子上了，才不得已下山开了这家客栈。

燕南北砸了半天门，才有个店伙计出来。这个伙计年纪不小，个头却极矮，而且脸上爬满了横肉，让人怎么瞅都不舒服。他剔着牙花子，懒洋洋地打量几眼燕南北，把头一歪，示意他自己牵马进来，随后又把大门上闩了。

屋内有十几张桌子，只有西北角空着一张，其余都围坐着人，乱哄哄地喝酒。见燕南北进来，所有目光齐刷刷投过来。燕南北毫不理会，施施然地走到那张空桌前坐下，这才微微抬头，满屋子扫一眼。除了有三拨看似是正经商人，其余人都不似什么好路数，不是面有凶色，就是目光鬼祟。

打他进屋，张三娘就在打量他，这时扭着柳腰过来，把手搭在燕南北的肩上，媚笑道："好个英俊的小哥，这是打哪儿来、要去哪儿呀，是不是去相亲啊！"

燕南北脸一红，摇头道："等个同伴，一起去包克图，不知还有没有客房？"

张三娘用腰臀轻撞一下燕南北，娇笑连连地说："有，小哥放心，三娘我就是撵了别的客人，也不能让你睡外头！"

南面紧贴墙的桌上有个络腮胡子浪笑道："三娘，何必撵了别的客人，就让这小白脸睡你香被窝就是了！"

张三娘一阵风似的旋绕过几张桌子，站到络腮胡子面前，点着他的鼻子尖儿骂道："放屁，你个断头的归老八！再给老娘满嘴喷蛆，别怪我告诉老七！"

络腮胡子笑道："七哥有的是娘们儿，怕是早把你三娘忘了！"说话间，大手一探，早在她的红臀上结结实实抓了一把。

燕南北见场面不堪，再也坐不住了，站起身说道："三娘，麻烦你开个房间，我赶路疲顿，要早点儿歇着了！"

张三娘正跟络腮胡子打闹，闻听这话，面色一撂，突然尖声喊道："矮骡子，死你娘的屁眼儿里去了，还不快给老娘滚出来！"

刚才给燕南北开门的伙计连滚带爬地跑了出来。

张三娘冷冷地对燕南北说："三娘我是火眼金睛，一眼能看到人骨子里！别看你年纪轻轻，又生一张好俊的脸，眉目间却透着煞气，也不会是省油的灯！记住了，住我三娘的店，就要守我三娘的规矩！不许东问西打听，不许惹是生非，不许在近边儿作案！要犯其中一条，黑土崖子就是你埋身之地！可别怪三娘没打招呼！"

燕南北淡淡一笑，再不理她，径直跟那矮骡子进去了……

雨越下越大，好似燕南北心头的仇恨，越久越强烈。

因为这场大雨，该走的没走上，反又添了几拨人，香客来客栈顿时人满为患。喝酒的喝酒，晾衣服的晾衣服，烤火的烤火，一派乱哄哄的场面。

张三娘风风火火地招呼客人，好似大红蝴蝶满屋乱飞。这一忙不过来，就把火撒在了归老八头上,开口便骂道:“归老八,你个龟头孙!你怎么还赖着不走?没见老娘这儿住不下了吗!”

归老八的嘴也不示弱,浪声回道:“爷呆着舒服着呢,你就拿鞭子抽爷,爷也不走了!”

屋内一阵哄笑。笑声还没停,外面突然传来一声马嘶,声音清亮高昂,虽隔着两道门和偌大的院子,却仿佛嘶鸣在每个人的耳边。仅凭马嘶声就听得出是一等一的好马。

随后传来咚咚的敲门声,紧接着又是两声马嘶。

归老八住了嘴,侧耳听听,面现贪婪之色,用目光示意两个同伴,其中一人马上站起身,跟在矮骡子身后出去了。

燕南北独自坐在角落里,把这一切都看在眼里,心头暗想,来者也不知何方神圣,敢骑这么好的马过黑土崖子,还敢住进这样的客栈。

不一会儿,矮骡子领进一人,哆哆嗦嗦地站在门口,浑身淌着水,仿佛落汤鸡。

燕南北一瞧,不由很是意外。此人身材细挑,眉清目秀,年纪瞅着比自己还要小,就像个瘦弱的书生,在众目睽睽之下,似乎还有些难为情。

张三娘早迎了上去,媚笑道:“呦,小哥,瞧你这一身儿,快来烤烤火吧!”

那人看到张三娘,眼睛明显亮了亮,问道:“还有单独的客房吗?我住一夜就走!”

张三娘笑道:“小哥呀,你看这么多人,哪还会有客房,连老娘我都要打地铺了!不过这么大的雨,你还是先进来避避雨再说吧!”

那人无奈,只好走了进来。

张三娘四处看看,见只有燕南北哪儿没人,便领那人走过去,抛着媚眼说:“两位小哥都是一表人才,就在一起近便近便吧!”

燕南北对他本就有好感,忙站起身说了个请字。

那人抬眼望向燕南北,正与他目光相碰,忙又低下头,轻声说道:“多谢兄台!打搅兄台清静了!”

燕南北见他如此腼腆,不由暗自好笑,对他低声说道:“你看,满屋子牛鬼蛇神,哪有什么清静可言!”随即又喊道:“三娘,给这位公子先来碗姜汤,再来些饭菜!”

那人扑哧一笑,忙又掩住嘴,红着脸说了声谢谢。

燕南北越看他越觉得好笑,忍不住想开句玩笑,可是一瞅他浑身狼狈,嘴角紫青,还在不住地哆嗦,忙说:“兄弟,还是先去我屋里换身衣服吧!”

那人红着脸,连连摆手道:“不,不,不用了,我还好,有火炉呢,一会儿就干了!”

燕南北见状也不好再劝,转而问道:“兄弟高姓大名,为何风雨里赶路?”

那人略一迟疑,轻声说道:“我姓于,名亭,因家父染病,急着看望,贪程赶路,错过了宿头,没想到遇上风雨!”

燕南北笑道:“我姓薛,名海,应该痴长你几岁,要不嫌弃,就叫我薛大哥吧!”

于亭红着脸,轻声叫了声:“薛大哥!”随即脸色越来越白,身子也颤得越来越厉害。

燕南北忙又劝道:“于兄弟,你就不要逞强了,还是去把衣服换了吧!”

那于亭实在是受不了了。俩人离火盆本来就远,根本烤不到火,再加上冷风透过窗缝吹进来,阵阵打在湿衣上,那还有个好受。只好说了声谢谢,问明了燕南北的房间,执意不让他跟着,自己去换衣服了。

看着他离去的背影,燕南北好笑之余,心想:“这兄弟腼腆的就像个姑娘,也敢一个人出这么远的门,还真是不简单!”随即心底产生一股柔情,我要有这样一个弟弟多好。这么多年,虽有师父照顾,燕南北仍从心底感到孤独。失去父母的痛苦是他心头永远的伤。

于亭换好衣服回到座位。燕南北一看不禁更觉好笑,原本单薄的他变得几分臃肿,显然刚才冷得狠了,这回多穿了不少。见燕南北嘴角的笑意,他手都没处放了,低着头轻声说:“薛大哥,谢谢你。”

又一声大哥把俩人的关系更拉近了,燕南北忍不住玩笑道:“于兄弟,你已经谢我好多次了,越谢不越生分了吗?最多以后找机会,让我也谢你几次好了!”

于亭抿嘴一笑,似乎轻松了许多。

俩人闲聊起来。主要是燕南北说,于亭静静地听。闲聊间,于亭喝过姜汤,又吃了几口饭菜,身上的寒意是去了,却突然头昏脑涨,浑身发热,上眼皮子和下眼皮子直打架,强撑了一会儿,还是没撑住,不知不觉趴在桌子上了。

燕南北这才发觉,忙推他:“于兄弟,于兄弟,你这是怎么了?”

于亭一惊,清醒过来,站起身说:“我没事,没事……”刚说两遍没事儿,头一沉,瘫软在地上。

燕南北大惊,抢上前扶起她,见他两腮通红,一触额头滚烫,忙喊张三娘:

“三娘，快来看，我这兄弟怎么了？”

张三娘早就看在眼里，掐着腰说：“受了风寒，没什么大不了的。扶你房里去，我给他煎付药吃，再捂捂汗也就好了！”说到这儿，扑哧一笑，话里有话地说：“小哥，三娘今天可是成全你，你可怎么谢三娘？”

燕南北哪顾得上听这些，只说了声：“多谢三娘！”就把于亭扶到自己房里。

喂他吃下张三娘煎的药，又给他盖上厚厚的被子，燕南北和衣坐在他身边，一宿没合眼……

燕南北独自坐在角落里喝酒。

大雨昨日午时方停，今日一早，客人们就陆续上路了，香客来客栈空荡了下来。除了张三娘和几个伙计，只剩归老八一行三人，再有就是燕南北和于亭。于亭自那天被燕南北扶进屋，再没有出来过，饭菜也要他给端进去。他的风寒虽已无碍，但身体还是很虚弱。在燕南北的再三劝说下，才勉强多留了一天。

归老八一行三人边喝酒，边鬼鬼祟祟地商量着什么。燕南北看在眼里，心中不住暗暗冷笑。张三娘也看在眼里，给他们端上手把肉的时候，顺势坐到归老八的大腿上，侧头冷冷地说道：“归老八，你个龟孙子，知道老娘的规矩吧？”

归老八嬉皮笑脸地说：“三娘放心，我老八最懂规矩了！”说着手就上下乱摸了起来。

张三娘打掉他的手，旋地站起身，走出两步，却又回过头，冷笑道：“归老八，要听老娘的劝，这单买卖最好别做了！不是老娘吓唬你，点子扎手得很，闹不好，你龟头的命就要葬在这十里八地了！”

归老八嘿嘿冷笑，只顾喝酒，再不说话。

正在这时候，突然传来急促的马蹄声，由远而近，转瞬间就到了外面。随着“吁”的几声吆喝，马的几声长嘶，“咣当”一声门响，以及快捷的脚步声，三条汉子已经傲然站在了屋内。

当先一人大脑袋，中等身材，体格健壮，脸上带着一种满不在乎、漫不经心的笑意，双目四下一扫，却又有一种逼人的气势。身后二人比他高出大半头，显得高大魁梧，孔武有力，都似有功夫在身。

燕南北目不转睛地看着那为首之人，越看越觉得好生面善，心头忽地一动，不由一阵狂喜，暗想：“难道是他！”

那人也连连看了他几眼，随即有些意兴阑珊地摇摇头，脸上现出若有所思的表情。

张三娘拿出招牌的媚笑,浪声浪语地招呼道:“呦,三位爷,可是眼生的很,远道来的吧,快往里面请!我这香客来的酒香、肉香,这人……嘻嘻……也有情有义!”

大脑袋的汉子微微笑道:“久闻三娘风骚入骨,果然名不虚传,七哥他艳福不浅!兄弟特来麻烦三娘,稍后有薄礼相送,先上酒肉要紧!”

张三娘笑容一敛,冷冷地说道:“三位原来是有心之人,填饱了肚子屋里说话!”

燕南北长身而起,喊了一声:“三娘,稍后把饭菜给我那兄弟送去!”随后,施施然地往自己的住处走。路过那三人的桌旁时,右手有意无意地搭在桌面上轻敲了一下。他的右手上有好几个厚厚的茧子,那是常年练乔家独门镖法留下的,只有练过乔家镖法的人才知道是怎么一回事儿。

大脑袋的汉子霍然抬起头,目中精光闪动……

燕南北把于亭送出几里地,在他的强烈要求下,俩人拱手道别。

待于亭翻过一座缓坡,燕南北双腿一夹,纵马从侧面绕过去,暗暗尾追了上去。可是于亭的马太快了,好似风驰电掣,眨眼就从他的视野里消失了。燕南北无奈,只好顺着北行的道儿一路追下去。

那于亭其实是个女孩子。她一边快马加鞭,飞一般驰骋,一边想着在香客来客栈与“薛大哥”的邂逅,想他对自己的精心照顾,想他喂自己喝药时的温情,想他彻夜守在自己床边的暖意,心头涌起阵阵甜蜜,那脸上的红潮久久不肯褪去。

就在她一路浮想联翩的时候,坐下的马突然一声长嘶,被草丛中拉直的一根粗绳绊了个跟头,把背上的主人摔出了老远。还没等于亭爬起来,早有俩人蹿上来,将她按住,结结实实地捆绑起来。

归老八走过来,色迷迷地望着在草地上挣扎的于亭,得意地笑道:“老子早他娘的看出你是小娘们儿了!等把你那马圈过来,爷三个好好伺候伺候你,保管你舒服的叫娘!”

三人一阵淫笑,随后骑上马,从三面围抄上去,去圈于亭的那匹马。这三个小子也算是此中老手,却怎么也圈不住这匹马,反被它忽东忽西地牵着走,连兜了好几个大圈儿,累得呼哧带喘,直在马背上打晃儿。

归老八骂道:“他娘的死驴,硬是比贼泥鳅还滑!算了,先去享用那小娘们儿!这死驴要不跑,待一会儿再收拾它!”

三人骂骂咧咧地回到刚才的草丛里，想要把邪火发泄在于亭身上。可是，刚刚被他们手脚并捆的于亭就像人间蒸发了，翻遍了草丛也不见踪影。

就在三人大眼瞪小眼的时候，突然传来一声低沉的冷哼，打那边慢悠悠走来一匹马，马上坐着的正是他们苦苦寻找的人，还有一人牵着马的缰绳，走在马的前面，嘴角挂着嘲讽的笑意。正是香客来客栈见过的那个年轻人。

三人拔出腰刀迎了上去。归老八狞笑道："他娘的，原来是你这小白脸，敢来破爷爷的好事儿，活得不耐烦了，爷爷这就送你去见阎王爷！"

燕南北淡淡地笑道："是有人要见阎王爷，小爷就是来勾你们魂儿的！"

三人相互使了个眼色，突然齐声怪叫一声，如狼似虎地朝燕南北扑来。马上的于亭见他们来势凶狠，不由吓得一声尖叫。她的尖叫声还没落，就见俩人猛地仰面跌倒，再也没有爬起来。只剩归老八一人，戛然止步，面无血色地木立在那里。

燕南北走上前，冷冷地笑道："你拦路抢劫，杀人越货，死有余辜，不如自己了断了吧！"

归老八愣愣地看着他，突然一咬牙，狂吼道："爷爷和你拼了！"抡起弯刀，劈头盖脸地砍向燕南北。

燕南北躲闪几步，突然就抢进他怀里，不知怎么就夺下了他的刀，身形就那么一旋，刀锋已然划过归老八的脖子，扑通一声栽倒在草地上。

那于亭看得目瞪口呆，直到燕南北启过镖，走到马前，还没缓过神儿来呢。

燕南北笑道："于兄弟，是不是把你吓着了？"

于亭如梦初醒，连连摇头，红着脸说："薛大哥，你不让我谢你，可我还是要谢你，这回更要谢你了！要是薛大哥你晚来一步，我真就……"说到这儿，她眼中带泪，面泛桃红，把头扭向一边，再也不说了。

燕南北哈哈笑道："于兄弟，怪哥哥来晚了，还是把兄弟你吓着了！你那马真是神速，我一路紧赶快撵，还是被它甩没影儿了！幸亏追来得还算及时，万一兄弟你有个闪失，哥哥可真就遗憾终生了！"

于亭垂下头，轻声问道："薛大哥，你为何对于亭这般挂心？"

燕南北笑道："也不知为何，打见兄弟你就觉投缘！要不是还有重要的事儿，真想一直送你到包克图！这样吧，我再送你一程！再走出几里地，就有牧群了，也就有人烟了！"

于亭无话，唤来坐骑，俩人并马驰骋，说说笑笑，渐渐远去……

燕南北送走于亭，飞一般往回赶。

离香客来客栈还有一箭地，突听路旁的树后一声低喝："接镖！"

燕南北不敢怠慢，猛一勒马缰，人已在马下，镖已在手中，隔着马背炯炯望去。

树后哈哈大笑着走出一人，正是头午来投店的三人中的为首之人。

燕南北热泪盈眶，哆嗦着嘴角，喊了一声："马骏哥哥！"扑进他张开的怀里。

马骏也是热泪盈眶，拥着他左看右看，好半天才哽咽着说道："太好了！太好了！老天有眼，燕家有后，小南北你还活着，这真是太好了！"

俩人抹着眼泪，抱了又抱，这才坐到树后，细述各自的遭遇。

燕南北说："那天，师父带我逃命，土匪们紧追不舍。师父一路飞镖，把十几个土匪打下马，最后一镖伤了韩柱子的坐骑，匪群才不敢追来。师父辗转带我回到燕家大院，噩耗已经传到河曲，太爷为此一命呜呼，爷爷也大病一场，刚刚能走动。为偿还恰克图的赊欠，爷爷强撑病体，变卖家产，连燕家大院也转给了别人，好不容易才筹够银两。随后，爷爷不顾自己年岁颇高，亲自去恰克图，一家家结清银两。回来的路上，爷爷受了严重的风寒，一回来就倒下了，两个月后就过世了。这些年，我一直住在你马家，跟师父勤练武功，为的是给爹娘报仇。马伯父待我恩重如山，这份仁德我铭记在心。师父如今也过世了，我就出关来寻仇了。不光是爹娘的仇，还有师父的杀兄之仇！"

马骏潸然地问道："我爹他还好吗？"

燕南北答道："还好，只是每每提起你，就不停地抹眼泪。"

马骏长叹道："唉，也怨我，早该回去报个平安！只是混迹于匪群中，又一直未能给燕东家报仇，无颜回家见爹！"

燕南北笑道："哥哥，你现在报平安也不迟！对了，你怎么当上土匪了？那天是怎么摆脱那些土匪的？"

马骏讲道："当年你年幼，可能不知道。说起来，还是燕家积善积下的。那一天，还有一伙来给燕家报信的土匪，都是走西口的山西人，灾荒年都吃过燕家的舍粥，为首的叫丁大锤。这伙土匪也就三五十人，惹不起野狼寨，更惹不起黑风寨，能来报个信，好歹也算山西爷们儿了。没承想，竟是一群好汉。回去的路上，想到燕家的大仁大义，他们既心酸，又自责，索性一商量，杀他个回马枪，明知道是死路，也要为燕家拼一拼。他们这一杀回来，正遇上我被杨豹子追，一场混战，把我救下了。但从此与黑风寨结下仇，只好远走，直到黑风寨被剿灭，才敢回来。这些年，我一直跟他们在一起，丁大锤死在郎老七手里后，我就当了大当家。”

燕南北眨眼道:“既然丁大锤死在郎老七手中,哥哥还来黑土崖子做什么?”

马骏冷笑道:“我来取郎老七的命,然后占据黑土崖子!这样一来,就等于截断了常家南去的路,报仇的机会就多了!郎老七和丁大锤绺子素无恩怨,却突然开始连连追杀,杀了我们十几个兄弟,连丁大当家也死在他手里。现在想来,还是奔我马骏来的。常万奎既然能勾结飞龙,就能勾结郎老七。不除掉我,他寝食难安。不过,想杀我马骏可不容易。我如今有几十个弟兄,对我赤胆忠心,而且各个都是好手。相比之下,郎老七贪财好色,心胸狭窄,匪群已经人心涣散,虽然人数上稍多一些,也没什么了不起了。只要杀了郎老七,野狼寨也就土崩瓦解了!”

燕南北泪眼汪汪地望着他说:“为我燕家的事儿,哥哥如此费心尽力,南北真是无话可说。有哥哥助我,报仇就容易多了!我刚出关,地头人头两不熟,也没有任何头绪!哥哥教我,该怎么去做?”

马骏沉下脸,瞪着燕南北说:“我自幼顽劣,却蒙燕东家和师父另眼相看,对我有再造之恩和救命之恩,自然要涌泉相报,再说此事与我有关,怎能置身事外!兄弟要拿我马骏当哥哥,再不可说出这样的话!”说到这儿,他缓过脸色,微微笑道:“你住进香客来,就已经对路了。不过,这里有哥哥就行了!你明天早早离开,赶往包克图,想办法混进常家,查出黑土崖子三个匪首的下落。常万奎一定和他们少不了联系。到时候,咱哥俩里应外合,杀尽仇人,把常家从包克图连根拔掉!”

燕南北振奋地笑道:“哥哥,看来你早有谋算了!”

马骏也笑道:“你出现的正是时候!哥哥正犯愁呢!报仇大事,不能假手他人,哥哥既无分身之术,又不便出头露面!这下可好了,包克图没一个人认识你,你尽管放心大胆地和常家周旋,哥哥随时听你的招呼!”

俩人哈哈一笑,随后又细细推敲一番,这才分手各自回客栈……

燕南北刚进客栈门,就见张三娘向他招手。

张三娘掐腰立在柜台里,冷冷地盯着他说:“小哥,三娘问你,你是哪路神仙?来我香客来意欲何为?”

燕南北淡淡地笑道:“三娘,这也是你的规矩么?”

张三娘煞青着俏脸说:“规矩是没有,不过你杀了归老八,三娘我就要问问了,不然可没法向七哥交代!”

燕南北心头暗惊，好快的耳目。眼角余光一扫，见矮骡子正望向这边，嘴角挂着一丝得意的笑。旋即明白，一定是这矮子跟在自己后面，把一切都看在眼里了。不由冷笑道："大路朝天，各走一边，从此擦肩而过，再是陌路，三娘何必多问？也不必向郎老七交代，我对他没有任何兴趣！小弟明日一早上路，就不向三娘辞行了！"说着抓把散碎银两往柜台上一丢，调头就往客房走。

张三娘叫住他，欲言又止，却直勾勾望着他，眼中有些惆怅，似乎还有些痛苦，好半天才低声求道："小哥，你这一走，也许再不来三娘这儿了，能叫三娘一声姐姐吗？"见燕南北发愣，凄然一笑，说道："三娘可没别的意思！我有个弟弟，要是还活着，也有你这么大了！我多少次梦见他长大，就是你这般相貌！"

燕南北心头一热，叫了声："姐姐！"

张三娘答应一声，眼角瞬间潮润了。

燕南北走出两步，忽然又站住了，回过头说道："姐，就凭叫你这声姐，还有你多少带有的山西口音，小弟有一句良言相劝！世间之大，何处不可容身？姐姐何必混迹于匪类，过这浑浑噩噩的日子？"说过，再不回头，大步去了。

张三娘盯着他的背影，眼含热泪，喃喃自语道："好弟弟，你以为姐姐恋着匪窝呀？还不是为给爹娘和你报仇吗！仇人迟早要经过这里，姐姐就是再等十年二十年，也要把仇人等来，用他们的人头祭爹娘和我的好弟弟你！"

外面突然刮起狂风，携卷黄沙漫天翻滚，好似她心头沸腾的仇恨……

9. 爱恨交缠

燕南北推门进来时，鲍记全羊刚打烊，屋里乱糟糟的，到处是啃过的羊骨头，一个粗壮的汉子正在打扫，嘴里哼着蒙古族小调，额头有一道醒目的大疤。

汉子见燕南北进来，热情地打了个招呼，却说："朋友，来晚啦！羊肉、羊骨头、连羊杂碎都没啦！明天再来吧！"

燕南北泪汪汪地望着他，突然扑通跪倒，连磕三个响头说："巴根叔叔，谢谢您把我爹娘的尸体拉回来安葬！"

那汉子一把将他拉起来，认真地端详一番，眼圈一红，说："你是南北？燕东家的儿子？"

燕南北点头道："我是南北，已经见过马骏哥哥了，他让我来找您！"

那汉子紧紧抱住他，热泪盈眶地说："好孩子，你终于来了！我就知道，你还活着！燕家是大仁大善人家，长生天是不会让燕家断后的！"

燕南北悲恸出声，泪如泉涌。多少年了，他还是头一次这么尽情地哭。过去，师父在世的时候，只要见他眼圈稍红，马上就会大声训斥："哭什么哭？不给你爹娘报仇，你没有资格哭！"日久天长，他几乎忘记了自己还有眼泪。今天见到这位忠诚的蒙古族汉子——燕家驼队昔日的护卫队队长——父亲的旧友巴根，听他的暖言善语，燕南北再也忍不住了，多年积蓄的泪水仿佛要在这一刻流光流尽。

巴根任由他哭，轻轻拍打着他的后背，自己也不时抹着眼泪。

好半天，燕南北才收住了眼泪，看一眼巴根，不好意思地笑道："巴根叔叔，让您见笑了，都这么大了，还哭得像个孩子！"

巴根也笑了，说："好孩子，哭出来就好了！总憋在心里，迟早要憋出病！"说着进了厨房，不一会儿，端来一碗羊肉、一碗羊骨头、一碗羊杂碎，放到桌子上，说："照理，我应该叫你少东家！可你既然叫我叔叔了，那我也就不客气地应了！酒有的是，肉就剩给自己留的这点儿了，咱爷俩边喝边慢慢唠！"说到这儿，他忽似想起了什么，一拍脑门道："对了，我还要让你看样东西！"说着转身进去，不一会儿捧着个黄绸包裹的东西出来，放到另一张桌子上，一层层解开。

黄绸里是副红底金字的牌匾，上刻"燕家商号"四个遒劲的大字。

盯着这副再也熟悉不过的牌匾，想起骑在父亲的脖子上、听他讲述其来历的情景，燕南北的眼泪又流了下来，一颗颗滴落在牌匾上，滴落在自己一遍遍抚摸的手上。

巴根劝道："好了，孩子，不能再哭了，还是想想怎么报仇吧！你能来找我，说明你和马骏谈过了，是有备而来！要巴根叔叔做什么，你尽管言声！"

燕南北止住泪，握住他的手，动情地说："叔叔，为了燕家的血海深仇，您和马骏哥哥都这么热心肠，叫南北说什么好……"

巴根打断他的话，瞪起大眼珠说："孩子，什么也不要说！你爹十八岁来包克图，交的第一个蒙古族朋友就是我，我教他骑马，他教我汉话，虽说一个是东家，一个是伙计，却跟亲兄弟似的。你爹遇害这么多年了，我这心还是那么难受！眼睁睁看着好朋友死在眼前，却无能为力，这滋味折磨人啊！我知道你是来报仇的，这也是叔叔一直盼着的！就是你不来，马骏我俩也会想方设法给你爹娘报仇！所以说，孩子，多余的话就不要说了！叔叔是粗人，你就直接说给叔叔，让我做什么就行了！"

燕南北深深地望他一眼，随即目光炯炯地说道："叔叔，既然如此，南北也就不顾忌牵累您了！现在有四件事要做！第一件事，尽快查探出黑风寨三个土匪头子的下落；第二件事，张内柜如今在何处，我要找他算笔旧账；第三件事，我要设法混进常家商号；第四件事，南北想去祭拜爹娘！"

巴根笑道："第一件事不必做了，那三个土匪头子的下落已经有了！常家驼队里有我的朋友，一次喝酒时提起，恰克图有一家三义商号，挂的不是常家商号的牌子，却像常家商号的分号！常家的货物运到恰克图后，直接交由他们，按比额换成粗制银器，再由常家的驼队拉回来，彼此贸易频繁，配合默契！那家商号的东家是异姓三兄弟，其中的老三是个独眼龙，我一听就上心了，细问相貌，不是那三个土匪头子是谁？"

燕南北一拍桌子，兴奋地说道："好！有这三个狗贼的下落，接下来就好办了！"

巴根随即叹口气说:“第二件事也不必做了！唉,说起来也真是可怜！就你爹娘遇害的当年,一天深夜里,有人窜进张内柜家,将他一家三口杀死,只有小女儿不知所踪,到如今还是悬案呢!”

燕南北眼中精光一闪,问道:“难道是杀人灭口?”

巴根冷笑道:“不是杀人灭口是什么！你爹娘遇害一案,举国震惊,皇上震怒,追查十分严厉！有黑风寨落网土匪交代,买你爹娘人头的人在包克图！于是,萨拉齐协理通判关俊山三天两头就来,还找张内柜单独谈过！谈话的第三天,张内柜就被杀了,关俊山很快也被调走了!”

燕南北恨恨地说道:“好狠的心肠,连个孩子都不放过!”

巴根深有同感地点点头,随即继续说道:“第三件事好办,你爹娘葬在祁太义地,改天叔叔领你悄悄去一趟！只有第二件事棘手！巧的是常家正要招一个伙计,而且还是跑内的,就是想去的人多,怕不会轮到你！再有,常万奎用人挑剔着呢,想进常家的门槛可不容易！这事儿上,叔叔也帮不上忙!”

燕南北幽幽地说道:“无论如何,我也要去试试!”

常万奎坐在内宅喝茶,一儿一女陪伴在两边。

女儿常玉婷已经十九岁了,出落得花容月貌,恰如名字婷婷玉立。儿子常玉祥刚满十三岁,聪明伶俐,活泼可爱。

见女儿一直撅着嘴,常万奎笑道:“乖女儿,还在生爹的气呀?爹也是为你好呀！你刚从老家回来,也知道,就咱河曲那地儿,是凡有点儿志气的后生都走西口了,余下的哪有像样的！爹就想呀,给你从包克图选个好丈夫,你这辈子有了依靠,爹也就省心了！你看院里那些后生,一个赛一个的精神,肯定有能让我乖女儿中意的!”

常玉婷俏脸一红,娇嗔道:“爹,瞧你做的好事儿,快赶上戏里唱的选驸马了,传出去让人笑话死!”

常万奎笑道:“爹可没说选驸马,爹说的是招伙计！咱不光要看相貌,还要考验他的人品和能力,差一样也配不上我的乖女儿!”

常玉婷含羞带怨地垂下头,嘤嘤说道:“爹,女儿也知道爹爹的苦心,只是女儿也跟爹爹说过,女儿心里已经有忘不了的人了!”

常万奎沉下脸说:“女儿,说到这事儿,爹爹正要责备你呢！你一个女儿家,也不让家丁护送,就这么独自偷偷跑出来,这要有个万一,还让爹活不活?就现在,你爷他们还不知急成什么样呢!”

常玉婷娇笑道:“爹,您就别生气了,女儿是不想让臭男人尾巴似的跟着!”

常万奎无奈地摇头道:“这些年,一直让你在老家陪爷爷,缺了爹爹的管教,把你任性得哪还像个丫头!这回呀,爹可不能全由着你了!就说救你那个小伙子,即便真像你所说人才出众、武艺又好,可出现在黑土崖子一带,也不定是什么路数!再说了,你俩不过陌路相逢,匆匆一别,也许这辈子再也不能见面了!难道见不到他,女儿你就不嫁了?乖女儿,还是听爹的话吧,和你弟弟悄悄去看看!就是没有满意的,也不急,爹再慢慢给你找,一定给我乖女儿找个称心如意的郎君!”

常玉祥在一旁笑道:“姐,你还是听爹的吧!爹对你可真是宠惯的可以!要换了我,早一巴掌上来了!”

常万奎笑骂道:“你给我闭嘴,还不领你姐去后院!”

常玉祥扮了个鬼脸,上前生拉硬拽姐姐。

常玉婷无奈地站起身,随弟弟来到前宅。前宅的前窗正对着大院,窗户半敞着,院子里的说话声都能听得一清二楚。

院子正中央摆着桌椅,桌子上摆着茶具,椅子上坐着常家内柜田大疙瘩。他的面前分两排站着二十多个年轻小伙儿,个个抬头挺胸,好似选秀一般。田大疙瘩正挨个询问这些人的身世、经历和所会所能。

常玉祥站到窗前,看得津津有味。常玉婷却没有兴趣,坐在一边,捧着粉腮想心事。

院子里传来一人洪亮的声音:“我叫薛海,山西宁武府三岔堡县青杨岭人,自幼父母双亡,流落街头,靠乞讨为生,后被一江湖卖艺之人看中,收我为徒,传我一身武艺,字也认得一些……”

常玉婷听到这熟悉的声音,就已经难以置信地抬起头,此时芳心一震,再也坐不住了,抢步上前,推开弟弟,向窗外望去。只看一眼,她的眼中就涌出了欣喜的泪水,一张俏脸艳如桃红。

常玉祥惊讶地看着姐姐。

常玉婷叫过弟弟,在他耳边嘱咐了几句。常玉祥嘻嘻一笑,转身跑出屋,跑到田大疙瘩跟前,在他耳边说了几句。

待这些人都被问到后,田大疙瘩高声宣布:“薛海留在常家,其余人领了赏礼,可以回去了,不必再来了!”

这个薛海就是背负血海深仇的燕南北了。

他茫然地站在当院,绞尽脑汁也想不透,自己何来如此幸运……

常万奎和贾元坐在客厅里喝茶。

贾元皱着眉头说："哥哥，你跟我一说这薛海，我怎么总有点儿心神不定！燕家那个小崽子要是还活着，可也是这岁数了！"

常万奎笑道："哥哥也怕引狼入室，所以才把兄弟你找来，咱哥俩一起把把关！这小子救过你侄女一命，武艺高强，要没毛病，那可真是天赐良缘，常家也多了个好帮手，皆大欢喜！就是不知根不知底儿，哥哥的心总有点儿不踏实！"

贾元点头道："还是小心为好！哥哥，要不派人去宁武府三岔堡县青杨岭查查？"

常万奎摇头道："兄弟，这你就不知道了，那地方的人早就逃荒走没了，走不动的也都饿死了，连个鬼影都找不见了，怎么查问？"

贾元惊疑地眨着眼睛说："这么巧？这不是没个查实了吗？"

常万奎笑道："兄弟，这倒没什么！这样的情况在我们那儿司空见惯！你不知道我们山西那地儿，十年九旱，整村子人走光死光的多了！要说巧的是，他也用镖，还是高手！"

贾元冷笑道："那倒要细细瞧瞧了！"

正说到这儿，田大疙瘩领着薛海，也就是燕南北进来了，给他介绍道："这位就是常大东家，这位是贾元大爷！"

燕南北的心头瞬间闪过拔镖的念头，可是这样太便宜这两个仇人了，他的复仇大计不光是杀尽仇人，还要让常家倾家荡产，最起码也要把燕家最后一批货银夺过来。于是，他强按捺住心头的仇恨，赔着笑脸见礼道："常东家、贾大爷，薛海给二位请安了！"

常万奎笑道："罢了，小伙子，真是一表人才，听说武艺了得，难得，难得！"

贾元假笑道："哦，还会武艺？不知擅长什么兵刃？"

燕南北笑道："让两位爷见笑了，刀枪棍棒都能使得，最喜欢用镖！"

常万奎点头道："好！不知你用的是什么镖？来，让我和贾元兄弟开开眼！"

燕南北心说，幸亏听马骏的话，和他的兄弟换了镖。心下坦然，微微笑道："好让二位爷知道，小人用的镖叫带衣镖！"说着抽出两支，递了过去。

常万奎和贾元拿在手里，细细端详。只见这镖，镖长3寸左右，重达四两，呈圆锥状，刃上带勾，镖尾系红绸，甚是独特。

贾元翻来覆去地看了看，淡淡地说道："这镖好是好，只是不如穿山镖厚重，小兄弟以为如何？"

燕南北笑道:“不敢当,贾爷还是直呼小人的名字吧！穿山镖的确厚重,需要极强的腕力,所以,江湖上练这种镖的人少之又少！小人只是听师父说起过,还没见过这种镖！难道贾爷见过?”

贾元冷笑道:“不止我见过,常东家也见过！用这种镖的人姓燕名子轩,就是很多年前遇害的燕家商号的大东家,你可听说过?”

燕南北平静地答道:“听说过！山西人谁不知道燕家大院和燕家商号？只是不知燕东家身怀绝艺,竟能用穿山镖!”

常万奎点点头,笑道:“薛海呀,你为什么来我常家?”

燕南北恭敬地答道:“不敢瞒大东家,小人实有私心！想跟您学做买卖,日后也能开个商号,衣锦还乡,也盖他一溜房子!”

常万奎满意地笑道:“好,有志气！只要你好好干,常家不会亏待你,我常万奎保你能实现心愿!”

燕南北忙作揖道:“多谢常东家,小人一定尽心尽力!”

常万奎眼珠一转,狡黠地笑道:“薛海呀,你可知道,这么多人想来常家当伙计,为何偏偏留下了你?”

燕南北茫然地摇头。

常万奎微微一笑,对田大疙瘩说:“去,把我宝贝女儿叫来!”

燕南北疑惑地站在那里,也不知常万奎葫芦里卖的什么药。不一会儿,听到身后脚步响,一阵香风袭来,一个清脆而熟悉的声音响起:“见过爹爹,见过贾叔叔,见过薛大哥!”

燕南北霍然回头,死盯着眼前笑靥如花的于亭,也就是常玉婷,胸口就像是被重锤猛击了一下……

燕南北收一笔银子回来,没急着回常家,而是来到鲍记全羊。

巴根去黑土崖子刚回来,饭铺还没挂幌儿,屋里没有客人。见燕南北进来,忙关上门,又端来酒肉,要给他倒酒。

燕南北摇头道:“叔叔,我如今是常家伙计,待一会儿还要回去,酒就不能喝了!”

巴根也不勉强,自己倒上酒,喝了一大口,说:“南北,马骏杀了郎老七,已经占据了黑风寨,对外报号桑大刀绺子！原来东边真有这么一股绺子,奸淫掳掠,无恶不作,几年前被马骏他们灭了,没留一个活口,报他们的号没问题!”

燕南北问道:“香客来客栈还开着呢吗？张三娘对郎老七的死有什么

反应?”

巴根笑道:“还开着呢!张三娘似乎无动于衷,反倒上了趟山,见了马骏,说愿意给山寨通风报信,就像郎老七占山时一样!”

燕南北眨眨眼睛,又问:“把我的话带到了吗?”

巴根点头道:“带到了!让马骏派些人下山,报号马骏来争夺山寨,再被马骏他们打跑!这话说着绕嘴,反正就是演出戏,让消息在南北道上传开,说桑大刀和马骏为争夺山头结下了梁子!叔叔是粗人,话是带到了,却不知你的用意!”

燕南北笑道:“叔叔,我这是想除掉贾元!贾元是常万奎的膀臂,常万奎什么事都和他商量,然后让他去办!有这个贾元在,常万奎就不会太倚仗我!而且,贾元对我始终怀有戒心,有他横在中间,我很难取得常万奎的绝对信任!”

巴根挠头道:“我还是不明白,这和除掉贾元有什么关系?”

燕南北给他倒满酒,双手敬上,说道:“叔叔,还要辛苦你跑趟黑土崖子!六月初三是马王庙会,绥远城马市开市要唱戏三天,还要拜马神、马王。常玉祥姐弟要去逛热闹,常万奎命我随从!你让马骏亲自下山一趟,趁乱在城里劫持常玉祥,我舍命把他救下来!这样一折腾,我可以得到常万奎的进一步信任!更为重要的是,以常万奎和土匪打交道的惯例,他肯定会派贾元去见桑大刀,花银子买马骏的人头,咱就有机会杀贾元了!”

巴根连连点头:“好主意,我明天就去!”

燕南北又说道:“叔叔,你总来回跑也不是个事儿!再说,整个包克图都知道你曾经是燕家驼队的护工队长,我来找你也不方便,万一让贾元的爪牙撞见,那可就坏事儿了!你让马骏派两个可靠的人来,一个最好在常家商号附近活动,给咱俩传递消息,一个专门往山上跑!这样就稳妥多啦!”

巴根笑道:“这样最好,我也就省事儿多啦!”

燕南北又说:“还有一个事儿,也一样紧要!恰克图不能没咱的人,让马骏哥哥派个精干的人去,最好能混进飞龙的商号,盯死这三个狗贼!”

巴根点头道:“好,我跟马骏说!”

燕南北这才站起身,说道:“叔叔,那就辛苦您了,我也该走了,再晚就交代不过去了!”

巴根点点头,先出去看看,随后进来,示意燕南北走紧走……

燕南北起早打扫当院。

常玉婷款款走来，手里捧着一套崭新的袍子，俏立他面前，粉腮一红，娇羞地笑道："薛大哥，你的袍子旧了，这是玉婷亲手给你做的，你换上，看看合不合身！"

燕南北强抑心头的痛苦，头也不抬地说道："小姐的美意薛海心领了，我这袍子还能穿得，小姐还是拿回去吧！"

常玉婷眼圈一红，幽怨地说道："薛大哥，自来到常家，你就处处躲着玉婷，和玉婷十分的生分了，玉婷想知道为什么？"

燕南北淡淡地说道："你是常家千金小姐，我不过是你常家的小伙计，自然要有尊卑之分，否则会惹人家说闲话！"

常玉婷摇头道："薛大哥，这不是你的真实想法！玉婷初识薛大哥，就已倾慕你气概卓群，岂是有尊卑俗念之人，何况是与小妹玉婷！是不是玉婷做错了什么，让薛大哥你恼火了？"

燕南北猛地警醒。自从知道常玉婷是仇人之女以来，自己把痛苦埋在心头，急欲摆脱与她的感情纠葛，避免彼此陷得太深，伤害得太深，这是对的，可是态度过于生硬了，太不像一个正做着发财梦的小伙计了。

于是，他缓和一下情绪，微微笑道："小姐高看薛海了！薛海一心要和常东家学做买卖，日后好振兴薛家门户！小姐过于抬爱，恐有高攀之嫌，常东家怪罪下来，薛海的一番苦心也就付诸东海了！望小姐多多体谅！"

常玉婷嫣然一笑，说道："既然如此，玉婷自会有分寸！不过，这件袍子薛大哥一定要收下，要不然玉婷不会答应！"

燕南北无奈地接过，说了声："多谢小姐美意！"

常玉婷俏脸一板，撅起小嘴说道："薛大哥，你我单独的时候，还是叫我玉婷或是小妹吧！你可知道，每听你叫一声小姐，玉婷的心都要疼一下！"说着脸一红，一拧身，一阵轻风似的去了。

燕南北望着她的背影，心头一阵酸楚……

常万奎从将军府出来，匆匆来到吉祥酒楼，与贾元在二楼雅间会合。

其实，俩人是结伴来到归化城的。原绥远城将军常在改任驻藏大臣，青州副都统诺伦迁升绥远城将军，前几日刚到任。常万奎作为富商巨贾，自然要亲自来道贺，借此也摸摸这位将军的秉性与爱好，为进一步沟通打下基础。而贾元是妓院老板，将军府哪是他这种人能出入的，只得等在约好的吉祥酒楼。

没等常万奎落座，贾元就问道："哥哥，怎么样，诺伦将军赏收了吗？"

常万奎笑道："赏收了，倒也敞快，只是笑笑，什么也没说！"

贾元也笑道："那就好，这回能收哥哥的四匹马，下回咱就敢送去四百匹！"

常万奎却叹了口气，说道："兄弟呀，这以后啊，结交官面就要讲个度了！咱哥俩年纪不小了，银子儿辈子的都攒下了，该是想后路的时候了！"

贾元转着眼珠问："哥哥，你的意思是？"

常万奎闷闷地说道："兄弟，可还记得保德、普喜一案？绥远城将军保德、归化城理事同知普喜、绥远城粮饷同知呼世图、乌拉山总监白德明，和咱的交情都不浅啊！因为有人告发他们狼狈为奸、损公肥私、私开乌拉山、盗卖林木，皇上居然把刘统勋派来了，当堂杖杀了白德明，又将那三人用尚方宝剑斩首。至今想起来，哥哥还不寒而栗呢！"

贾元点头道："哥哥，要提起这事儿，还真就亏了哥哥！要不是哥哥拦着，我也入他们的股了，早也跟他们去了！那白德明可没少拉拢兄弟我！"

常万奎摇摇头，低声说道："兄弟，可怕的不在这儿！你想过没有，咱是怎么和这几个狗官一步步拉上交情的？那都是用银子喂出来的！这要咬出来，罪名也轻不了！最可怕的还不在这儿！燕家的事儿才是咱哥俩的心病！你没见，刘统勋来归化城那阵子，关俊山那是多活跃，三天两头来包克图调查！要不是咱当机立断，杀了张瘸子灭口，保不准儿当年就断头在尚方宝剑之下了！兄弟，你说是不是？"

贾元打了个寒颤说："哥哥，叫你这么一说，我怎么后脊梁直冒凉气呢！"

常万奎喟然长叹道："兄弟，这就对了，说明咱哥俩见老了！银子有多少是多，该想想退路了！燕家的事儿能了就了，了不了，也不能在塞外呆下去了，越早回关内越好！不怕兄弟你笑话，这几年，哥哥总做噩梦，梦见燕子轩夫妇、张瘸子一家三口来向我索命！再不离开包克图这地儿，哥哥我迟早得发疯！"

贾元眨着眼睛问："哥哥，是不是感觉有什么不对劲儿了？"

常万奎摇头道："这倒没有！只是咱们的孩子都大了！咱哥俩是无所谓了，不能不为孩子们着想！尤其不能把他们卷进仇恨里！你侄女玉婷已经到出嫁的年龄了，对那个薛海一片痴情，我这当爹的看在眼里呀，那是既高兴又难过！难过的是，因为有燕家的事儿，处处都要小心提防，连女儿的婚事也不能例外！你说哥哥这心里能好受吗？要说燕家这事儿，飞龙哥仨做得太不利落！马骏一直没消停，乔一镖和燕家那小崽子没下落，保不准儿也活着，这都是心病！就连黑土崖子这哥仨也是心病！只要咱在关外一天，就不能不和这哥仨打交道！他们抓着咱哥俩的把柄，万一黑咱们一把，也只能吃哑巴亏！所以呀，哥哥觉得，回关内是最好的选择！反正咱哥俩有的是银子，就是去天子脚下，也一样快活！”

贾元连连点头道：“哥哥，听你的，兄弟这辈子就跟哥哥走了！兄弟我出生在包克图，还真就没回过山西老家呢！”说到这儿，他迟疑了一下，又说：“哥哥，别怪兄弟多嘴！要说黑土崖子那哥仨，和咱是一条绳上的蚂蚱，我看没什么！只是那马骏讨厌！还有侄女喜欢上的薛海，兄弟我怎么瞅都不顺眼！”

常万奎淡淡地笑道：“薛海就不用兄弟你操心了，哥哥加着十二分的小心呢！兄弟你多操心马骏！听说，他和桑大刀争夺黑风寨结下梁子了！兄弟你和桑大刀有没有交情？”

贾元摇头道：“名号早听说过，只是太远，拉不上交情！听说这家伙心狠手辣，只要给足他银子，什么事儿都肯做！”

常万奎笑道：“那就好办了！找个时间，兄弟你去拜拜他的山头，一定要亲自去！只要桑大刀能杀了马骏，要多少银子就给多少！”

贾元点头道：“好，兄弟我亲自去一趟！不除掉马骏，咱哥俩也睡不安生！还是先下手为强的好！听说黑土崖子开了家香客来客栈，掌柜的是个叫张三娘的骚娘们儿，专门给山上递话！只要住进她的店里，就算和山上拉上关系了！”

常万奎微微笑道：“那就妥了！马骏一死，咱哥俩就着手回关内！来，我祝兄弟你一帆风顺、马到成功！”

常万奎和贾元欣然撞杯……

10. 釜底抽薪

燕南北和常家姐弟来到绥远城逛马王庙会。

他们先去马神庙，观礼清骑兵拜马神。似人非人、似怪非怪的马神塑像上挂满银牌，大香案上铺着大块黄布，塑像两侧摆满了香蜡纸表等。这些骑兵在喧天的鼓号声中，一队队上前参拜，甚是整齐有序。

随后去看民间马王社、义行马王社、马桥十大股拜马王。高大的神台搭在外面，四周人山人海，场子周围摆摊的、算卦的，应有尽有。四臂三目的马王纸像供奉于桌上，前列钱粮、香烛、水果、鸡鱼、羊头之类，神像下绘一供桌，桌前绘一小马，亦供清水一碗、净草一斗，众人纷纷攘攘地参拜，场面很是混乱。

然后开始逛马市，有那牙纪为买卖双方服务，看马的牙口、看膘情、看腿骨、看走势，还要骑上马跑一圈，称作亮马或摸奔子。咴咴的马嘶声，沸沸扬扬的叫卖声，一派热闹景象。

最后，他们才去听戏。今年请的戏班子是兰桂班，清一色唱山西北路梆子，此时一出《画龙点睛》正唱到马周和四娘重逢：……一幅画龙酬知己，两小无猜定婚姻，惊突变，从此后，骤起战乱，劳燕分飞，两隔阻，无讯音，十五年，我梦绕魂牵，我萍踪天涯，将画存，寻此画，莫道天涯路漫漫，画龙送来意中人……

常玉婷听到这时，早已泪眼婆娑，左手手帕不停地抹泪，右手不觉牵住了燕南北的手。燕南北被她玉指在握，想要挣脱，却又不忍，唯有心中叹息。

常玉祥和四名护卫对听戏没有兴趣，在一边看江湖艺人要猴玩狗。常玉祥看什么都没有耐性，不一会儿又东张西望起来，忽然看到几步外有吹糖人，吹的唐僧师徒以及武松等梁山好汉栩栩如生，也没和护卫打招呼，就钻了过去。刚让他吹了个孙悟空拿在手里，突然被人拦腰抱起，就往人群外挤。常玉祥刚想喊，嘴里马上被塞进了布子。

与此同时，燕南北终于看到有人用目光向他示意。那人是马骏的手下，在香客来客栈见过。他故作慌张地左顾右盼道："玉祥呢？"

常玉婷翘足环视一圈，顿时花容失色，跺脚说："快找我弟弟！"

那四名护卫此时也发现常玉祥不在，也慌了神儿，连声呼喊着找起来。

燕南北不管不顾地闪身上了戏台，手搭凉棚四处一看，随即纵身下来，向北追去。常玉婷和那四名护卫紧跟在后面。

追出拥挤的人群，前面视野一宽，终于看见四人挟持着常玉祥飞奔而去。

燕南北放开步伐，狂追在后面，把常玉婷他们远远甩在了身后。

那四人地形不熟，钻进了一条死巷子。马骏追到的时候，一个人已经翻过了高墙，正要接过同伙举起来的常玉祥。燕南北大叫一声："着镖！"抖手一镖，飞取墙头上那人的面门。那人惊叫一声："不好！"顾不得常玉祥，直接翻进了墙内。

此时，墙这边的三人再想上墙已经不赶趟。俩人拔刀扑向燕南北，另一人也拔出刀，却架在常玉祥的脖子上。

战有十几回合，那俩人已经明显不支，只有招架之能，而无还手之力。挟持常玉祥的那人突然大喝一声："住手！"手上微微加力，已在常玉祥的脖子上划出一道红线。

燕南北和那俩人同时住了手。

那人冷笑道："小兄弟，好身手，我兄弟认栽了！不过，常家这小崽子可在爷爷手中！放我们走，我兄弟也放人！否则，先砍掉他的头，再和你以死相拼！"

燕南北冷冷地说道："好，一言为定！不过，雁过留声、人过留名，是好汉的，报上名号，让我跟东家有个交代！"

那人笑道："正要你给常万奎那老狗带个话，我们是马骏的兄弟，我大哥与他有血海深仇，迟早来取他的狗头！叫老狗把脖子洗净了候着！"说着一使眼色，那俩人飞身上墙，随即在墙头接应那人，三人配合默契，手搭手一借力，眨眼儿一起跃过墙头。

从脚步声听得出，这几人片刻也没停留，疾步如飞地远去。

燕南北扶起惊魂未定、哭哭啼啼的常玉祥，边哄边搀扶着去和常玉婷会合……

夕阳染红了死寂的黑土崖子。

突然，有十几匹快马飞奔而来，蹄声敲碎了黄昏的寂静。一匹伏在孤树下的老狼倏地弓起背，耸动毛发，侧耳听听，随即隐进丛生的沙棘中。

这一行人驰到这棵孤树前，齐齐勒住马缰，惊得头顶上的老鸹乱飞。

为首之人指着前方不远处的几间土房问道："老五，那挂着一排红灯笼的，想必就是香客来客栈了吧？"

一人鹰钩鼻子的汉子答道："大哥，没差，除了张三娘的香客来，这荒野大漠里再没别家客栈了！"

为首之人笑道："好，咱这就去！哥哥我早耐不住要会会这张三娘了！"

众人哈哈一笑，纷纷挥鞭打马，一阵风似的扑奔到院门前，随即甩镫下马，敲鼓似的连连打门。

出来开门的是那矮骡子，面无表情地把他们让进院，把马匹拴到马槽上，又把他们领进屋，随后去喂马。

屋内只有一桌客人，正热火朝天地推牌九，忽见进来这么多人，一时都噤若寒蝉，眼神却都没闲着，耳朵也都竖了起来。

张三娘早迎了过去，挥动粉拳，在鹰钩鼻子的胸口连连锤打，嘴中娇笑道："呦，这不是包克图的韩五哥吗！哪阵风把我亲亲的五哥吹来了？这么多人，好大的声势，不是来掳我张三娘的吧？"

鹰钩鼻子笑道："不敢！就是掳了三娘你，我老五也养不起！来，我给三娘引见！这就是我大哥贾元，包克图数一数二的人物，怀春院和贾记当铺的大掌柜！"

张三娘抛个媚眼笑道："呦，原来是贾大爷，好响亮的名头呀，三娘我这耳朵早听出茧子啦！我这香客来可真是来香客了！呆一会儿，一定好好敬贾大爷几杯！"

贾元笑道："早听过三娘艳名，今日一见，果然名不虚传！贾某此次前来，实有要事劳烦三娘，可否借一步说话，也好让贾某奉上心意！"

张三娘媚笑道："呦，贾爷，好急的性子呀！也好，那就来吧！三娘我倒要瞧瞧，贾爷的心意……嘻嘻……实不实！"

贾元微微一笑，跟在她身后，来到她的住处，面对面坐下。

张三娘又抛个媚眼，笑道："贾爷，这门一关上，可就剩咱孤男寡女了！三娘我的规矩是有话直说，有……嘻嘻那个快放！三娘我可没那耐性子，也没那磨嘴皮的工夫！"

贾元淡淡地一笑，掏出一包银子扔到桌上，说道："这是贾某的心意，孝敬三娘的！麻烦三娘引见桑大当家！”

张三娘拿在手里，掂量掂量，眉开眼笑地说：“贾爷真是出手豪阔！这事儿尽管交给三娘我，最迟明天太阳落山前，保准让贾爷你见上桑大刀！”

贾元起身笑道：“那就拜托三娘了！贾某先去和兄弟们喝酒了！听说三娘的红焖羊肉也是一绝，贾某早就流哈喇子了！”

张三娘娇笑道：“三娘我还有好多绝的呢，贾爷不嫌粗陋，慢慢品尝就是了！贾爷先去喝着，稍等一会儿，三娘自会去敬酒！”说着把贾元送出屋。

贾元一走，张三娘马上关上门，面色已然变得铁青，柳眉间更是杀气腾绕，紧步走到炕头，挪开枕被，连拽下面不知连着哪里的绳头三下。

也就装袋烟的工夫，矮骡子无声无息地开门进来，又把门关上了。

张三娘紧咬着粉唇说：“矮骡子，三娘的仇人终于到了！”

矮骡子面无表情地问道：“是哪个？三娘你可瞧准了？”

张三娘眼含热泪，悲愤地说道：“来的是贾元！就算化成灰，三娘我也认得！杀我一家三口的那夜，我就躲在米缸里，伸出头看了一眼，那两个挨千刀的刚行完凶，正摘蒙脸的布子呢，一个是常万奎，一个是贾元，虽是侧面，那也绝不会错！”

矮骡子说道：“那好，我去取他的狗命！”说着就要往外跑。

张三娘一把拉住他，把矮子抱到炕上说：“骡子弟，不能在客栈下手！桑大刀要是怪罪下来，咱可就呆不下去了！咱还要在这地儿守株待兔，等常万奎那狗贼呢！不如这样，他们回去的时候，你先一步等在路边，神不知鬼不觉地下手！”

矮骡子负手站在炕上，傲然地点点头……

燕南北陪常玉婷在南门外骑马踏青归来。

常玉婷女扮男装，和燕南北并肩缓行，不时窥一眼燕南北，目中含情脉脉，粉颊上泛起阵阵红潮。

燕南北目视前方，好似全然不知，心头却犹如刀割。

明明爱着她，却不敢表露；明知她爱自己，却不敢接受；明知在欺骗她，还要忍痛骗下去；明知会重重伤害她，还要狠心做到底。再没有比这更残酷的折磨了。燕南北连想都不敢想，摊牌的那一天，自己将怎么面对她。

俩人各怀心事，默默走出老远。

常玉婷幽幽地叹了口气，说道：“薛大哥，还记得吗，救我那天，你送我一程，草原正是这样的季节,你我也是这么并肩走的!”

燕南北默不作声。他最怕和她说话,每回她一句,都有一种违心的痛,一颗心就像被两股力量撕扯着。

见他迟迟不说话,常玉婷剜他一眼,幽怨地说道:“薛大哥,此情此景仿佛当时的重现!只是那一日,你我一路上有说有笑,何等的轻松快活!而今日,你却一言不发,好似心情沉重,又像是对玉婷不耐烦了!”

燕南北心头长叹一声,只得说道:“玉婷,你想多了,我只不过突然想起了爹娘,想起了儿时的一些往事!”

一声“玉婷”已经让常玉婷笑逐颜开,随即娇羞地低下头,轻声说道:“薛大哥,可以给我讲讲你爹娘,还有你儿时的事儿吗?”

燕南北心头一痛,摇摇头,淡淡地说道:“不过是寒门小户伤心事,不提也罢!”

常玉婷点点头,咬着嘴唇,低下头,好半天,嫣然一笑,说道:“薛大哥,别想过往的事儿了!可别忘了,你今天是来陪玉婷开心的!你不开心,玉婷也不会开心!要不这样,你我赛马,看谁先跑到南门!”

燕南北正想尽快结束这难缠的出游,满口答应道:“好,让你先跑!”

常玉婷一抖马缰,离弦似的射去,边跑边回过头,响铃般地笑道:“薛大哥,你休想追上玉婷!”

燕南北双腿一夹,飞一般追了上去,却又保持着一定的距离。

俩人一前一后,驰骋在广阔的绿野上。

忽然,常玉婷惊叫一声,从马背上摔了下去。

燕南北忙驱马上前,翻身下马,到她身边,俯下身子,连声问道:“玉婷,怎么了?摔得如何?要不要紧?没伤着骨头吧?”

常玉婷愁眉苦脸地说:“大伤好似没有,只是腰痛得厉害,站不起身子,可能一时骑不了马了!”

燕南北连连搓着手,为难地说道:“这可如何是好?茫茫草野,哪里去雇车?距包克图还有一段路程,也不能把你单独扔下!”说到这儿,他一跺脚,说道:“也只好这样了,你要能挺住,我抱你上马,你我共骑一匹马回去!”

常玉婷粉腮一红,娇羞地说道:“那也只好如此了!有劳薛大哥了!”

燕南北也是满脸通红,犹豫了犹豫,终于鼓足勇气,把常玉婷小心翼翼地抱起,向自己的坐骑走去。

常玉婷躺在燕南北结实有力的臂弯里,低垂着吹弹可破、几欲滴血的红腮,却掩饰不住内心的得意,偷偷地笑了……

桑大刀大模大样地坐等贾元,身边簇拥着十几个弟兄,各个横眉冷目。

这个桑大刀自然是冒充的,却不是马骏。马骏在燕家商号当伙计的时候,整条商街都混熟了,贾元也认识他,所以不能出面,就让二当家陈大辫子演这出戏。陈大辫子早先就是二当家,丁大锤死后,本可以做大当家,真心服了马骏武艺高强、为人仗义,硬是把位子让给了他。燕南北曾见过他两面。一是北上塞外,在香客来客栈与马骏久别重逢,他们一行三人中有他一个;二是在绥远城马王庙会,燕南北陪常玉婷看戏时,给他递眼色的就是他。

贾元和韩老五一行四人终于进来了。

那贾元一进大堂就连连拱手:"久仰桑大当家的威名,贾某这里给众位兄弟见礼了!"

见他客气,那桑大刀哈哈一笑,站起身,抱拳说道:"原来是包克图的贾大东家,兄弟我也是久仰了!贾大东家是贵人,怎么踏足到我这穷山荒野来了?"

贾元笑道:"哪里,哪里!听说黑风寨改姓桑了,贾某靠山吃山,自当上山道贺!"

桑大刀微微冷笑道:"贾大东家,恐怕你是无事不登三宝殿吧?俗话说,光棍眼里不揉沙子!大东家有什么关照,直说便是!"

贾元跷起大拇指说:"桑大当家真是爽快!贾某这次上山,扮的可是财神,要挑大当家发一注财!"

桑大刀眼睛一亮,笑道:"这话兄弟爱听!这等好事,稍后再说,先摆上酒菜,咱兄弟边喝边唠,这才有味道!"

贾元哈哈笑道:"那就叨扰大当家了!"

桌子是现成的,酒菜很快就上来了,无非是大碗肉大碗酒。桑大刀和贾元面前是小桌,只有他二人就座。其他人在下面分坐两桌,包括和贾元来的三人。

干过一碗酒后,贾元淡淡地问道:"大当家,可曾听说过马骏?"

桑大刀一拍桌子,怒道:"他娘的,老子正要活剥他的皮!老子杀了郎老七,占了这黑风寨,屁股还没坐热,他就跑来抢山头,还伤了我好几个弟兄!这笔账,老子迟早追回来!"

贾元微微笑道:"等大当家去追的时候,那马骏也许早跑到天边去了!"

桑大刀若有所思地说道:"桑某不是不想追杀他,只是手下这么多弟兄,不做买卖,难道喝西北风?不能为马骏耽误了吃饭!"说到这儿,他狡黠地一笑,问道："大东家这么关心马骏，莫非是为他而来？"

贾元一拍大腿，笑道："贾某正为马骏而来！只要大当家杀了马骏，把人头送到贾某的铺子，马上就有人孝敬三万两白银！"

桑大刀瞪圆了眼睛问道："三万两？这可当真？"

贾元笑道："千真万确，贾某一手托两家，大当家尽管放手去做！"

桑大刀哈哈一笑，猛灌下一碗酒，说道："好，这活儿我桑大刀接了！有这白花花的三万两银子，够我们这帮弟兄逍遥快活几年了！"

贾元微微笑道："大当家，那就一言为定！除此之外，还有一事！贾某初次上山，怎么也得聊表心意，给兄弟们带了两千两酒银，不成敬意，大当家可一定要赏收！"

桑大刀笑得合不拢嘴，连连道谢："贾大东家真是够朋友！这朋友是交定了！今后有用得着兄弟的地方，尽管言声！"

贾元谢过，端起酒碗，笑道："再敬大当家一碗，贾某就先告辞了！也不知为何，这两天心惊肉跳，许是路上累着了！早早回去歇一歇，明早还要赶路呢！"

桑大刀忙说："大东家请便！"随即把碗中酒一饮而尽，又亲自把贾元送下山。等他再回来的时候，马骏已经坐在贾元刚才的位置上。

等他落座，马骏笑道："陈二哥，你不去当戏子，可亏了你这天分！"

陈大辫子也笑道："不是二哥演得好，是你和南北谋划得好，不怕贾元不上套！兄弟想怎么下手？要不要把兄弟们都带上！"

马骏摇头道："就贾元这几个狗腿子，还用得着兴师动众？我早早带几个兄弟下山，候在半路，飞镖结果他性命！其他人放条生路，也好回去给常万奎报信！"

陈大辫子端起酒碗，笑道："贾元哪是来买你人头？是来送人头给你的！来，二哥祝你和南北的复仇大计，明日开市大吉！"

俩人满饮一碗酒，随即捧腹大笑……

燕南北被田大疙瘩派去归化城。

走出常家商号就是长街，街道两边都是小商小贩。糖葫芦、麻糖、花生仁、凉粉、烧卖、馅饼、黄米糕、臭豆腐、豆腐脑、茶汤、羊杂碎、驴狗肉、果干、杏干、葡萄干，还有小孩玩的纸风车、吹玻璃响、吹糖人、捏面人，以及妇女用的针头线脑、布匹毛巾，应有尽有。

燕南北慢慢悠悠地走在沸沸扬扬的叫卖声中，与一个挑着扁担卖羊头肉的小伙子擦肩而过时,低声说了声“东门”。

等他磨磨蹭蹭地出东门的时候,巴根已经等在路边了。

俩人找个背人的地方坐下。

燕南北问道:“巴根叔叔,话带到了吗?”

巴根笑道:“带到了,马骏说了,演一出好戏,既要取了贾元的狗命,还要让常万奎继续指望桑大刀!”

燕南北又问道:“马骏哥哥还有别的话吗?”

巴根点头道:“他让我告诉你,他派去的兄弟已经混进了那三个家伙的商号,还很受他们的信任!再有,他二伯出发有日子了,这时候应该在恰克图了!他二伯还有话给你,叫你一定要谨慎小心,可不能断了燕家的根!”

燕南北眼含热泪道:“为我燕家的大仇,连他老人家也惊动了,张家口到恰克图那是多远的路程,我这心里真是不忍啊!还有巴根叔叔你,为我东奔西跑,也没少受累,让南北说什么好呢!”

巴根叹道:“谁让你爹娘死得惨呢!有你们年轻人在,我们这些老的帮不上大忙,但给你们跑跑腿总还可以!燕家仁义,对我们有恩,做这点事儿有什么!叔叔我是这么想的,马骏他二伯肯定也是这么想的!能看着你给爹娘报仇,自己也能帮上点儿小忙,再没有比这更让叔叔高兴的了!”

燕南北握着他的手,久久说不出话来……

马骏等人伏在草丛里,耐心地等着贾元一行。

他们的隐身之处是个缓坡,离南北道只有一箭之遥,其间都是密集的杂草。选这么个地方,一是便于观望,二是俯冲下去,有助于马力。

正在默不作声地等待之时,有个观望的兄弟忽然低声说道:“大当家,快看,那边来的是什么东西?”

马骏忙定睛望去,只见草丛中穿行着一个东西,不似虎狼,倒像个小人,个头还没有杂草高,速度却飞快,正向这边来。

等近了再瞧,马骏不由吃了一惊,竟是香客来客栈的伙计矮骡子。

那矮骡子到他们近前,停下脚步,张望几眼,身形一转,直扑到路边,随即伏身在密集的草丛中。

半路杀出个矮骡子,行动诡异,不能不闹个水落石出。

马骏改变计划,低声吩咐那几个兄弟,从缓坡背后下去,悄悄绕到前头,继续拦截贾元等人,但没有他的口哨,不得轻举妄动。

待他们下坡后，马骏蹑手蹑脚地爬行，渐渐从侧面接近矮骡子。到最后，距他只有几步远，连这一侧的眉眼都能看清。见他双手并握一截竹管，一头含在嘴里，另一头对着大路，神情非常专注。

马骏心头一动，想起师父讲过，有这么一种暗器，内含毒针，用嘴吹出，江湖上称作口镖，虽不能达远，但只要中镖，必死无疑。不由又吃惊又奇怪，心想，这矮子明显也是奔贾元一行人来的，难道其中也有他的仇人？

远远传来马蹄声，眨眼就可听到吆喝声，再一眨眼就能看清马背上的人了，正是贾元和他的爪牙。那贾元紧舞马鞭，跑在最前头，满面春风，浑不知死神就在眼前。

马骏一双虎目稍瞬不眨地盯着矮骡子。

就在贾元疾驰而过的刹那，矮骡子的嘴唇明显鼓了一下，随即跳起来，趟着与自己齐头高的草地飞奔而去，好似一阵青烟。

贾元纵马驰骋间，忽觉脖子微微一痒，把马鞭交替到左手，用右手去摸，摸到一根针状的东西，忙拔下来，还没等细看，就从马背上栽了下来。

他那些手下顿时慌了，纷纷甩镫下马，抢上前去扶他。可是，就这眨眼的工夫，贾元的身子已化作一团软泥，瞳孔间也了无生气，尤为恐怖的是，刚刚还红光满面的脸，此时完全变成了紫黑色。

马骏见贾元死了，悠然一笑，站起身，吹了声口哨，施施然地走了过去。

贾元的手下纷纷拔出刀，恶狠狠地盯着他。韩老五壮着胆子，向前两步，问道："你是何人？贾大哥可是你杀的？"

马骏倒背双手，傲然笑道："正是我马骏杀的！识相的赶紧滚，惹恼了老子，一人赏一根毒针！"说话间，他那些兄弟已经呼啸着驰到。

闻听是马骏，这些人齐齐变色。韩老五硬充好汉地说道："青山不改，绿水长流！马大当家，咱们后会有期！"

马骏面色突变，怒声喝道："大胆！还敢跟老子后会有期？都给我记住了，谁再替常家卖命，就是与我马骏为敌！再会之时，就是他死期！今日暂且放你们一马，回去转告常万奎那狗贼，就算有桑大刀助他一臂，老子也一样取他的狗命，贾元的下场就是他的下场！还不快点儿给老子滚！"

见他发怒，这些人噤若寒蝉，连韩老五也再不敢吭一声，草草收起贾元的尸体，匆匆上马，狂挥马鞭，飞驰而去，仿佛身后追着猛兽。

马骏望着他们远去的背影，忽然想起刚才的矮骡子，自己居然替他背了个黑锅，不由哈哈大笑……

天色已晚,香客来客栈没有客人,也不会有客人来了,难得清静,张三娘亲自做了几样菜,和矮骡子对坐着喝酒。

喝有三碗酒,张三娘的眼泪就下来了,摸着矮骡子的脑袋说:“这么多年,要没你一直跟着我,三娘也熬不到现在!今天你又帮我杀了贾元,替我爹娘和弟弟报了大仇!三娘真不知该如何谢你!”

矮骡子慨然说道:“三娘,这是骡子应该做的!想当年,我大病一场,郎老七要把我扔下山,幸亏三娘苦苦求情,又亲自给我煎药喂药,才有我骡子这条活命!骡子就算把命还给三娘,也是理所当然!”

张三娘凄然笑道:“骡子弟,你知当年我为何救你?你个子矮,我把你当做弟弟,我那活活被掐死的弟弟!这么多年了,别看三娘骂你难听,心里头真就拿你当弟弟看!”

矮骡子潸然道:“骡子明白,骡子心里也把三娘当姐姐看!骡子走西口出来时,家里也有个姐姐,也不知饿死了,还是活着呢?”

正说到这儿,外面有人咣当咣当砸门。

张三娘愣了愣,抹了抹眼泪,示意矮骡子去开门。

来的是马骏,身后跟着俩兄弟,其中一个是陈大辫子。

张三娘起身相迎,扬手笑道:“呦,是桑大当家,这么晚了,怎么还下山来了?也不提早打个招呼,好让三娘多备些酒菜!”

马骏坐下来,示意张三娘也坐下,目光如电,微微冷笑道:“不得不下山啊!咱这黑土崖子藏龙卧虎,连我山上的贵客也敢杀,桑某自然要查一查!俗话说,赶早不如赶巧,这不就赶上三娘的庆功宴了!”

张三娘面色一变,霍地站起。矮骡子身形一动,脖子上就多了一把大刀。陈大辫子从他身上搜出那支竹管,交给马骏。

张三娘并不慌张,冷冷地说道:“桑大当家好灵的耳目!人是我让他去杀的,算在三娘我一个人头上!要杀要剐,三娘我认了!”

马骏把玩这那支竹管,淡淡地笑道:“桑某一向小瞧三娘了,谁料想,竟是个女中豪杰!既然三娘要担待此事,按情按理,都该给桑某个交代,也好让桑某跟贾家有个交代!”

张三娘点点头,面无表情地讲道:“十几年前的一个夜晚,外面刮着狂风,我一家四口都熟睡了。弟弟和我最亲,我俩合枕一个枕头,合盖一床被子。半夜,我被尿憋醒,摸黑去方便。尿壶在厨房,刚摸到尿壶,听到吱扭一声,外屋门被推开了,一阵冷风灌进来。当时我岁数小,最怕鬼,吓得躲到米缸后面。从外头闪进两个黑影，直接扑奔里屋。我浑身瑟瑟发抖，想喊又喊不出声，不知怎么就爬进了米缸。几声短暂的惨叫后，再没有声息，随后亮起了火烛。一人说道：‘还有个女娃子呢?’另一人说道：‘只有三床被子，许是贪玩，睡在邻里家了!’俩人又说了几句话，吹灭火烛走了。他俩说话之时，我壮着胆子，探头看了一眼，正赶上俩人摘下蒙面的布子！其中一人就是贾元！三娘是为爹娘和弟弟报仇，桑大当家明白了吧!”

马骏点点头，问道：“另外一人是谁?”

张三娘狠狠咬着嘴唇说：“常家商号大东家常万奎!”

马骏豁然笑道：“三娘，我知你是谁了！你的确姓张，名叫翠儿！你爹张贵，是燕家商号的内柜，曾经还做过外柜!”

张三娘惊叫一声，遇见鬼一般死盯着马骏，颤声问道：“你？你怎么知道我?”

马骏摸摸满脸的络腮胡子，哈哈笑道：“我跟你爹多年，没少去你家！要连翠儿都不认得马骏哥哥了，那我这桑大刀再不怕被人识破了!”

张三娘难以置信地望着他，好半天，才叫了一声“马骏哥哥”，随即放声痛哭，一头扑进他怀里……

11. 请君入瓮

马景武和亚伯莫夫并肩站在丘陵上，眺望富丽堂皇的复活教堂，身后铺展着一望无际的美丽如画的桦树林。

亚伯莫夫是恰克图商界领袖，其身份是俄罗斯官商，不但与俄女皇叶卡捷琳娜二世关系密切，还是蒙古土谢图汗成衮札布初的莫逆之交，与京城八旗王公贵族组成的“京帮”也有贸易往来，真正是个手眼通天的人物。他曾经是燕家在恰克图最稳定的生意合伙人。

马景武就是马骏的二伯父，曾是燕家常驻张家口大盛川商号的掌柜。燕子轩夫妇遇害，燕家没落后，他并没有从张家口撤出来，而是继续艰难维持生意。其时，对蒙俄的大宗贸易被山西人垄断大部分，另一部分被八旗王公贵族组成的“京帮”垄断。他们手中有雄厚的资本，在中原的东南沿海组织收购大批物资，屯集在张家口的大境门外。马景武受到这些王公贵族的赏识，成为“京帮”在张家口的生意代表，凭借他们的权势和财力，逐步把常家的茶叶贸易又抢了回来。

当时，对俄蒙的茶叶贸易已经不好做了。这主要是因为英国迅速崛起，控制了海路运输，自然要插足商贸。乾隆二十五年，清廷在广州设置九家“公行”来满足英国商人的要求。茶叶是大众消费品，又不会在运往欧洲的途中变坏，所以以东印度公司为代表的英国商家都热衷于茶叶生意。茶叶的咖啡因和丹宁酸很快征服了整个英国，还有那时刚刚独立的美国以及其他英国殖民地的国民们。海路茶叶贸易兴盛一时。如此一来，北上恰克图的茶叶之路就受到了严重冲击。

东印度公司不仅垄断着与中国的海路茶叶贸易，还垄断着印度的鸦片种植和出口。他们很快发现，自己的进口额是出口额的三倍，其中的贸易差额是用白银来支付的，而白银价值很高且越来越难弄到。随着茶叶贸易的繁荣，东印度公司濒临破产。他们想来想去，就想到了鸦片，开始用鸦片代替向中国"公行"的付款，导致清政府白银储备迅速枯竭。白银成为紧俏品。与此同时，俄国也不断加强对金银的控制，严禁商人用黄金白银交易，极力不让金银通过恰克图出口到中国。

这样一来，在恰克图，茶叶和银器成为最受欢迎的商品。茶叶是我国商人的最爱，而私下交易的少量银器成为中国商人的渴求。

马景武这次带来的是茶货，而且都是俄罗斯人最喜欢的川字牌砖茶。数量之多，可比燕家最辉煌的年头。即便有京城八旗王公贵族撑腰，筹办这么多茶货还是费尽了周折。

这批茶货的运来轰动了恰克图。不论是官商还是私商，不论是俄商、蒙商还是汉商，纷纷闻腥而来，都想用手中的各类货物换到一批茶货。

马景武却不见任何人，也不透露想交易什么货。直到亚伯莫夫出面，马景武才欣然接受了他的邀请，一起来复活教堂礼拜。

复活教堂是恰克图的俄罗斯商人修建的东正教堂，距俄蒙边界的俄罗斯一边只有 200 码，其奢华的程度仅次于圣彼得堡的皇家圣伊萨克教堂，内部设计则完全照搬无误，水晶和孔雀石柱子附有银色的装饰物，祭坛前的双重大门系纯银所制，大约重 2000 磅，所有装饰皆用白银。据亚伯莫夫介绍，仅用在教堂各个装饰点的白银就达一吨左右。

马景武听过他的介绍，对教堂的豪华不置可否，却啧啧赞叹起白银来："白银可真是好东西，好东西，了不得的好东西！"

亚伯莫夫诧异地看他一眼，随即恍然，转动着蓝眼珠说："茶叶也是好东西，好东西，了不得的好东西！"

马景武点点头，深有感触地说道："这就是买卖呀！只有好东西跟好东西交换，才能彼此产生更大的利润！"

亚伯莫夫也点点头，随即又摇摇头，说道："阁下的意思我明白了！只是我们尊敬的女王陛下为保护本国利益，严禁我们用金银与你们交易！鄙人实在是爱莫能助！"

马景武不接这个话茬，却问道："您还记得燕家吗？"

亚伯莫夫黯然说道："燕家是我在贵国最敬佩的商家！燕子轩还是我的好朋友，我至今还在为他祈祷！"说到这儿，他面朝圣像，闭上眼睛，胸前划着十字，虔诚地念道:“愿上帝保佑他的在天之灵!”

马景武沉默良久,长叹一声,这才向他全盘托出了此行的计划……

说到最后,他诚恳地对亚伯莫夫说:“帮我们这个忙,您非但没有任何损失,相反会有很多好处!一则,您可以告慰好朋友燕子轩的在天之灵;二则,您可以受到尊敬的女皇陛下的嘉奖;三则,我可以全权做主,这批大宗茶货只和你一家贸易;四则,铲除混进恰克图商界的匪类,本身就是保护你们俄罗斯商人的利益!您还有什么可犹豫的?”

亚伯莫夫眨眨蓝眼珠,右手按在胸口,诚恳地说道:“尊敬的阁下,您这么信任我,是我的荣幸!为了我们共同的朋友,为了我们共同的利益,为了我们长久的友谊,我非常愿意帮你们这个忙!”

马景武深深地给他鞠了一躬……

常万奎亲自喊燕南北去后宅。

这是贾元死后,常万奎第一次走出内宅。贾元的死,给他很大的冲击,人也一下子老了很多。整整四天,他把自己单独关在屋内,想了很多很多。更坚定了要尽快结束包克图的买卖,举家返回关内的念头。

他把燕南北叫到内宅,让他坐下,亲切地问道:“薛海呀,你来我常家商号有日子了,感觉还好吧?”

燕南北恭敬地答道:“常东家,非常好,我学了很多东西!”

常万奎笑道:“说起来,你是我常家的恩人,救过小女玉婷,又救过小儿玉祥,照理我早该提拔你!只是为了让你多学点东西,好几次都把念头按下了!学做买卖容易,想把买卖做成功可不容易,想把买卖越做越大那就更难了!成功的商人都是从小伙计做起的,我常万奎也不例外!你年轻,文武双全,再学会做买卖,那就是如虎添翼,一定会有大出息!在我常家认真学、好好干,我常万奎可以拍胸脯,保准儿会成全你!”

燕南北深深一揖道:“多谢常东家美意,薛海感激不尽!一定不让常东家失望!”

常万奎微微一笑,转而和他唠起了家常:“薛海呀,家里一个亲人也没了吗?”

燕南北黯然说道:“没了!要不是遇到师父,领我四处卖艺,连我也早饿死了!”

常万奎轻叹口气,说道:“唉,咱山西人命苦啊!好似命中注定,就该受流离之苦！不过话说回来，也有不少人走西口发了财，就像我们河曲常家！咱山西人会做买卖不是天生的，是被生生逼出来的，但有一样东西是天生的，那就是绝不会放过任何机会！”说到这儿，他富有深意地盯着燕南北，缓缓说道：“薛海呀，想没想过成亲，这样就有亲人疼了，还有个温暖的家了！”

燕南北脸微微一红，摇头叹道：“想我薛海，身为七尺男儿，却上无片瓦遮风、下无寸地立锥，哪敢有这样的奢望！就是有姑娘不嫌弃，薛海也无颜迎娶！”

常万奎满意地点点头，微微笑道：“薛海呀，像你这样厚道、又有志气的年轻人不多了！你也看得出来，玉婷这丫头喜欢你！你救过她的命，这是缘分；你来我常家做伙计，这也是缘分！不如就娶了玉婷这丫头，做我常家的女婿吧！”

燕南北对此早有准备，可心头还是狠狠地疼了一下，只得按事先想好的应对。他脸上做出又惊又喜的表情，嘴一时张得老大，好半天才结结巴巴地说：“这、这，常东家不是说笑吧？我怎么敢高攀小姐！”

常万奎笑道：“有什么高攀不高攀的！想我常家祖上也是赤贫，刚来包克图的时候，房无一间、地无一垄，靠给人放羊为生。后来做驼倌，就像顺口溜说的‘赶车下夜拉骆驼，世上三般没奈何，行前都是彪行汉，归来已剩皮包骨。’没少遭罪，好不容易积攒了一笔银子，才开始一步步做买卖！完全是赤膊打拼出来的！只要你愿意，我马上就给你俩办婚事！你做了我常家女婿，可不知省了多少打拼！”

燕南北忽似想起了什么，挠着头，涨红着脸说：“薛海自然愿意，只是，只是……”

常万奎面色微变，淡淡地问道：“怎么，还有什么为难之处吗？”

燕南北忙作揖道：“薛海想起一事，怕有碍于小姐，不敢隐瞒常东家！和师父沿街卖艺之时，曾遇一世外高人，给我算过一卦，说我二十五岁前命犯华盖，会克死所有亲人！过了这个岁数才能时来运转、苦尽甘来！”

常万奎哈哈笑道：“好孩子，不愧玉婷喜欢你，果然诚实无欺！既然如此，亲事儿就算定下了，婚事儿等你过二十五再说，反正也就是两年的事儿！”

燕南北毕恭毕敬地作揖道：“多谢常东家！”

常万奎不高兴地扬起脸说：“嗯？薛海，怎么还称呼我常东家？”

燕南北只得再次作揖道：“岳父大人在上，小婿薛海给您见礼了！”

常万奎欣然受礼，哈哈大笑……

恰克图三义商号库房内，飞龙和韩柱子、杨豹子边查点库存，边低声商谈。

一个小伙子跟在三人身后,随时等他们问话。

偌大的库房堆得满满的,摞得高高的,都是紧俏的中国南方货。除了茶叶,几乎应有尽有。要不是扛着价格,早让俄罗斯人贸易走了。这些货物都是常家的,经他们的手交易成银器,再运到南方加工销售。俄国严禁金银出口,但越是禁止,越有人铤而走险,每年被偷带出境的银器仍然不是小数目。这几年,这三个家伙不仅在恰克图,有时候还深入俄罗斯境内,从不法俄商手中贸易各类粗制银器,再通过常家转运到关内牟取暴利。

飞龙问那个小伙子:“刘四儿,打听清楚了?”

这个刘四儿就是马骏派来的兄弟,不但精明强干,还能说流利的俄语和蒙语。听飞龙问话,忙答道:“打听清楚了!此人来头不小,身后是京城八旗王公贵族,专为筹集白银而来。听他手下说,明年是皇太后钮钴禄氏八十寿辰,这些王公贵族知道国库白银空虚,都想厚厚地献上纯银打制的寿礼,讨皇上和太后的好,就把这位马五爷派来了。他和亚伯莫夫好似有什么协议,可能通过他打点了俄官员,已经大肆用茶货贸易银器了!经他这一折腾,银价一涨再涨,涨了两倍还不止,可还是没筹到多少,连他们想要的一成都不到!愁得那位马五爷坐卧不安,吃睡不香,天天拍桌子骂娘呢!”

韩柱子跺脚骂道:“他娘的,他还骂上娘了,老子还想骂他娘呢!哪个狗洞钻出个狗屁马五爷,这不是从咱兄弟饭碗里抢食吗?”

杨豹子把飞龙拉到一边,冷笑着低声说道:“大哥,要不兄弟夜里走一趟,结果了狗娘养的狗命,省得他虎口夺食!”

飞龙摇摇头,招手示意韩柱子和刘四儿过来,对刘四儿吩咐道:“你现在就去,给我继续盯紧了,有什么风吹草动马上来报我!”

等刘四儿去了,飞龙拍拍杨豹子的肩头,笑道:“三弟,记住,咱现在是商人,可不是占山为王的土匪了!买卖讲究的是头脑,可不是打打杀杀,三弟你得换换脑筋了!”

杨豹子挠头道:“那也不能任他折腾,抢咱的银器买卖!”

飞龙微微笑道:“兄弟,让他这一折腾,哥哥倒觉得商机来了!他越折腾,银价抬得越高,利润空间就越大!他要的银器数额太大,恰克图除了咱哥仨,还有谁能筹办到!俄罗斯商人或许可以,可是他们不敢!这不就便宜咱哥仨了吗?哥哥去和他商谈,只要他给的价有赚头,要多少银器咱都应下来!大不了,咱哥仨多辛苦,勤往俄罗斯跑跑!这样一来,他省事儿了,咱也能发笔好财!”

韩柱子问道:“哥哥,咱这些货可都是常家的,常家要的也是银器,都给了那个什么马五爷,怎么跟常万奎交代?”

飞龙嘿嘿冷笑道:“这就是我要和两位老弟商量的!咱哥仨拉绺子闯江湖,天不服、地不管,什么时候替人卖过命?为了他常万奎,才落到这地步!就黑了他这批货又如何?咱山寨的积蓄不少,早换成京城天顺当的银票了,这回再狠狠挣他一笔,就是去天子脚下也是大财主,几辈子也享用不尽了,不比窝在这穷边僻壤强百倍?”

杨豹子拍手笑道:“哥哥,好主意,兄弟听你的!这地方我早他娘的呆腻了!牛粪马粪羊粪驼粪味儿我早他娘的闻够了!”

韩柱子兴奋地搓着手说:“哥哥,我也听你的!我韩柱子活半辈子了,竟在草丛沙堆儿里打滚儿了,都快变成野狼沙狐了!要能去京城快活几年,也不枉活这辈子了!”

飞龙哈哈笑道:“只要咱哥仨一条心,那就好办了……”

常万奎把燕南北、田大疙瘩和韩老五叫到内宅喝酒。

酒过三巡,常万奎长叹一声,抹着眼泪说道:“贾元兄弟这一走,我这心啊,一直空落落的!好在有你们在身边,遇上个事儿,还能有个商量!薛海是我女婿,就差完婚了,顶我半个儿子;老田三代在我常家,又跟我多年,是我的左膀右臂;韩老弟是贾元兄弟生前最亲信的人,我也拿你当兄弟看待!如今啊,我也只信任你们仨啦!”

田大疙瘩忙说道:“大东家,您这话暖心!我田大疙瘩没什么本事,就是听话!您有什么吩咐,尽管交代,田大疙瘩绝不会给您误事儿!”

韩老五拍着胸脯说道:“常东家抬举我,拿我当兄弟看,韩老五还说什么?这条命打今儿个起就是常家的了,上刀山下火海绝没半点含糊!”

燕南北不说话,只是殷勤地倒酒劝酒。

常万奎好似感慨颇多,又长叹一声,才动情地说道:“梁园虽好非久恋之乡!人啊,还是要落叶归根啊!塞外我是呆够了,我们常家也挣足了,是该见好就收了!老田啊,打明早开门起,常家店铺一律现银交易,概不赊欠,价格可以普降一些,你看着办就是!还有欠咱家的货银,一笔笔尽快追上来,有那扯皮耍赖的,你交代给韩老弟!等准备差不多了,咱说走就走!包克图再没有常家商号了!老田跟我回去,按月拿银子,尽管享清福,什么也不用做了;薛海自然也跟我回去,一到河曲马上与玉婷成婚,常家大院就是你的家了!至于韩老弟你,反正山西也没亲人了,就留在包克图吧,怀春院和贾记当铺都交给你打理,你和贾元兄弟的妻儿各占一半股份！”

田大疙瘩起身谢道：“多谢大东家，田大疙瘩知道如何去做了！”

韩老五也起身谢道：“多谢常东家，我韩老五一定照顾好贾元大哥的妻儿老小！”

常万奎示意二人坐下，喝过一杯酒，沉思片刻，又说：“还有两个事儿要做！一是黑风寨还要走一趟，桑大刀答应追杀马骏，可因为贾元兄弟的死，这事儿就撂下了！临走之前，我必须看到马骏死！要不然，我就是走了，心里也不安生！再说，也不能不为我弟弟和贾元兄弟报仇！”

韩老五见常万奎说这番话时，眼神一直盯着自己，虽已是惊弓之鸟了，也只得站起身说道：“燕东家，要不，我走一趟？”

还没等常万奎说话，燕南北站起身，昂然说道：“还是我去吧！别人怕他马骏，我薛海可不怕！半道碰上最好，倒要比比谁的镖快，兴许就不用去见桑大刀了！”

常万奎满意地点点头，说：“好，你俩谁去，我都放心！这样吧，薛海武艺高强，还是让他去吧，多派给他几个兄弟！不过，薛海呀，一路上切忌鲁莽！就是遇上马骏，也不可交手，反正有桑大刀呢！你万一有个闪失，我这当爹的可没法向玉婷交代！”

燕南北答应一声，随即坐下了。

常万奎又说：“还有一事，我必须亲自走一趟，不过要等薛海回来，好陪我一起去！恰克图囤有咱大量的货，也不知换没换成银器！既然要撤回关内，就不能扔在那儿了，能驮运回来多少算多少！可能要费些周折，但总要去看看，到地儿再随机应变吧！”

燕南北应道：“是！我快去快回，再跟您去恰克图！”

飞龙带刘四儿来到山西会馆的戏楼见马景武。

说起恰克图的山西会馆，那还是燕子轩的功绩呢。乾隆八年，经他倡议，恰克图山西籍商人共同集资，历时十八个月建成这座会馆。

这座会馆由四进院落组成，有牌坊5座、大山门、下宿、大戏楼、钟鼓楼各一座及二山门、配殿、东西长廊、东西厢房、耳房、正大殿等。大牌楼高达数丈，东西两侧各有小牌楼一座，雕梁画栋，颇为壮观。大山门俗称“过马殿”，两侧立有泥塑彩绘战马，侧立马僮。高大的拱形门上书有“晋者胜地”四个字。出山门是大戏楼，坐南朝北，高约3丈多。戏台由两根大红明柱支撑，台前横梁挂一匾上书“水镜台”三字。后堂悬挂一匾上书“紫金东来”，戏楼二山门上方挂一匾书有“千秋俎豆”。门前两根大旗杆下雄居一对大石狮子。沿过殿出厅就是正大殿，是祭奉关公的主殿，两侧厢房墙壁上绘有三国人物故事画。殿内三座泥塑像，中间端坐关羽，左右站立关平和周仓，气势威猛。关公像前有香案，聚宝箱，里面撒满了铜钱。

马景武一到恰克图就住进了山西会馆。正赶上农历五月二十三，民间所说的关云长的磨刀日，蒲州“金和班”如约到达恰克图，开始唱一个月的梆子戏。马景武是铁杆儿戏迷，哪肯放过这机会，从早到晚泡在戏楼，买卖上的事儿也都在这里处理。

飞龙走进戏楼的时候，台上一折《访白袍》正唱到尾声，马景武坐在离台子最近的位子上，目不转睛，听得如痴如醉。戏唱完了，唱角谢场好几回了，他好似才缓过了神儿，端起茶碗连喝两口，又大声叫起好来。

趁这间隙，俩人忙去见他。

刘四儿引见道：“五爷，这就是我们三义商号的马大东家，和您可是一家子。”

马景武忙起身，热情地握手，爽朗地笑道：“哦，好，好，原来是马东家，兄弟久仰了！听说马东家很有路子，在恰克图没有搞不到的货、办不成的事儿，兄弟可要多多仰仗了！”

飞龙抱拳笑道：“马掌柜见笑了！兄弟是小本经营，勉强维持，哪比得上您财大气粗，手眼通天！今日有缘结识贵人，五百年前又是一家，若不嫌弃，愿认个大哥，还望多多关照！”

马景武哈哈笑道：“马东家这么看得起我，我还有什么话好说！从今往后，咱就是兄弟，有买卖一起做，有财一起发！”

飞龙喜形于色，忙起身作揖道：“大哥在上，请受小弟一拜！”

马景武起身还礼，俩人相让着坐下，顿时亲近了许多。

闲聊过几句，马景武问道：“兄弟，听你这伙计说，你能帮上哥哥的忙，可有十分的把握？”

飞龙笑道：“兄弟要没那个金刚钻，也不敢揽那个瓷器活儿！好叫大哥放心，兄弟常年给常家商号筹办银器，早就轻车熟路了！不是兄弟我吹牛，恰克图也只有你兄弟我，才能帮大哥办齐这批银货！”

马景武一拍大腿，笑道：“好兄弟，你才是哥哥的贵人呢！别看哥哥天天听戏，好似悠闲自在，其实心里这个愁啊！要不能尽快筹到这批银货，误了给皇太后赶制寿礼,京城那些爷爷们能把哥哥我活吃喽!”

飞龙拍着胸脯说:“哥哥放心,兄弟明天就去俄罗斯境内,找那帮买卖银器的大鼻子朋友,保准能办齐这批货!只是哥哥要给我个价格,好让兄弟我心中有数!”

马景武笑道:“那是自然!兄弟这么尽心,哥哥也不能亏待你!”示意他附耳过来,低声报了个价格。

飞龙笑逐颜开,连连道谢一番,随后又说道:“哥哥,就这么定了,您这批茶货可都是兄弟我的了!”

马景武哈哈笑道:“兄弟放心,哥哥都给你留着,就等你拿银器来交易!”

这时候,台上一阵梆子响,间或穿插锣声,一出《坐北楼》宋江杀惜开戏了。

飞龙忙起身道:“兄弟告辞,不打扰哥哥的清兴了!”

马景武的魂儿已被戏台上的阎婆惜勾去了,脸都不肯转动一下,只是挥了挥手……

燕南北一行到达香客来客栈之时,太阳还没有落山,好似八九月的孕妇的肚子,隆起在远远的沙坡上。

张三娘见是燕南北,好生亲热,一阵风似的迎过来,媚笑道:“哟,这不是那年来过的薛老弟吗?穿着可鲜亮多了,排场也不小,这是在哪儿发了财了吧?”

燕南北笑道:“三娘不要取笑了!我这帮兄弟赶路疲顿,赶快摆上好酒好菜,让他们吃饱喝足!我请三娘借一步说话,有要事劳烦!”

张三娘娇声笑道:“好弟弟,就来姐姐的房里吧!只要是你的事儿,嘻嘻,姐姐都应下了!”说过,扭动着蛮腰走出后门。

燕南北跟在她后头,不理身后众人的调笑。

到得屋里,关上房门,张三娘脸上的媚笑顿时没了,悲切地望着燕南北,粉唇抖动了半天,才喊了声“少东家”,眼泪像断线的珠子往下掉。

燕南北的眼角也潮润了,紧紧握住她的手说:“姐姐,你还是叫我弟弟吧!这些年苦了你了!好在大仇马上就能报了,姐姐应该高兴些才对!”

张三娘抽抽噎噎地说道:“好弟弟,我爹对不起你爹娘!”

燕南北轻轻拍打着她的手背说:“姐姐,不提这些了,都已经过去了!你爹他也是被逼无奈,更没想到常万奎会下那样的毒手!他要不是追悔莫及,想为我燕家鸣冤昭雪,也就不会惹来灭门之祸了!你爹终究是条汉子!”

张三娘凄然一笑,幽幽地说道:“你能这么看我爹,姐姐不知有多高兴!可怜我娘和我弟,他俩有什么过错,竟也惨遭毒手!要不是与马骏相认,又听说了弟弟你,姐姐已经去包克图,和常万奎拼命了!幸亏彼此相认,道明一切,才没乱了你的计划!好弟弟,要姐姐做什么,你就说吧!”

燕南北问道:“姐姐,马骏哥哥在没在山上?”

张三娘摇头道:“已经下山了!按你的计划,赶往恰克图,接应他二伯去了!他始终放心不下他二伯,所以提早就出发了!现在山上的桑大刀,是二当家陈大辫子!”

燕南北又问道:“姐姐,马骏哥哥带了多少人手?”

张三娘淡淡地笑道:“只带了十几个兄弟,不过都是挑了又挑的好手,一个能顶几个用!马骏临走留话给你,叫你放心,明年此时就是那三个家伙的祭日!”

燕南北点点头,笑道:“那好,咱就不管他了!姐姐安排一下,明天我要上山,还要和桑大刀拜把子!让二当家把戏演足了!”

张三娘扑哧一笑,说道:“姐姐瞅你们一出又一出,越来越像演戏了!”

燕南北苦笑道:“没办法!常万奎这狗贼老奸巨猾,对桑大刀始终怀着戒心!我只有和桑大刀结拜,才能去他的顾虑,带着全部家当落脚在你这里!”

张三娘抿着粉唇,咬着玉牙说道:“姐姐明白!姐姐就守在这里,等你把狗贼引来,取他的狗命!”

燕南北狠狠地点点头,刚想说话,脑海里蹦出一张笑靥如花的俏脸,心头一阵揪痛,张了张嘴,只是长长地叹了口气……

飞龙、韩柱子和杨豹子一起来到上乌金斯克城堡。

这是一座由哥萨克人建立的城堡,位于美丽的贝加尔湖东南。埃文基人的兽皮和桦皮帐篷,布里亚特人的蒙古包、俄罗斯人的木制小屋,以及草棚、粮仓、澡堂、鸡舍等,加上别具韵味的彩绘、木雕,风格迥异的服装、服饰,配挂精美鞍具的骏马,这一切在大森林的衬托下,俨然一幅美丽的天然风景画。

上乌金斯克不仅景色优美,民族风情浓郁,而且正处在俄罗斯通往中国、蒙古的“商贸之路”上。俄罗斯商品首先要经过这里,才能到恰克图;而由恰克图进口的中国商品也要通过这里,才能分散到俄罗斯各地。所以商业贸易也很繁荣。中心集市上琳琅满目地摆满了中俄两国的商品,人流络绎不绝,买卖热火朝天。

飞龙三人在集市转悠了半天,终于找到了要找的人。这个人叫列昂尼德,开着一家很红火的酒吧，暗地却专门做银器出口买卖，和他们已经合作多年了。往年，都是他去找他们。这一回却反过来了。

列昂尼德领他们到自己的酒吧，摆上香肠、奶酪、色拉、黑鱼子酱等食品，又启开几瓶伏特加，热情地招待，却一句也不问他们的来意。

飞龙心头暗骂了好几声“滑头”，只得自己主动说明来意。

听飞龙报出的数量，列昂尼德皱皱眉头，想了想才说道：“尊敬的朋友，你让我有些措手不及，好在我还能想想办法！不过交易比例上，我要照往年多加一倍！”

飞龙惊讶地叫道：“这怎么可以！亲爱的列昂尼德，咱们可是多年的朋友了！你可以不帮朋友的忙，却不可以狠心宰朋友一刀！”

列昂尼德狡黠地笑道：“亲爱的马云飞，朋友是朋友，买卖是买卖！我不是聋子，我的人已经传来消息了，在恰克图互市，银器早不是去年的价格了！就算我多加你一倍，你仍然有大赚头！你想用去年的价格和我交易，是你要宰朋友，而不是朋友宰你！”

飞龙举着双手说：“好吧，亲爱的列昂尼德！既然你都清楚了，那我就咬咬牙，给你多加一半！看在朋友的份上，你可不能再讨价还价了！”

列昂尼德摇头道：“亲爱的马云飞，我不能答应！你要知道，我在冒极大的风险！过去的交易数量小，不引人注目，这回的数量实在太大了，万一被人知道，告到我们尊敬的总督那里，是要杀头的！头没了，也就没有朋友了，不是吗？”

俩人争来争去，最后都同意多加八成。随后俩人具体商量用什么货物交易，每种货物交易的比例。最后又商定了交易的地点。

上乌金斯克南面，阿纳古斯泰村和阿尔泰村之间，齐果耶河右岸，有一个叫作戈罗达沃崖的岩洞，洞中有一大一小两个岩穴，洞壁和洞顶用红色的赭石画有许多新石器或青铜时代的岩画。

这些岩画反映出，在久远的年代，岩洞里居住过人类。可惜的是，一些岩画被烟熏火燎，已经毁坏了，那是哥萨克人近期的杰作，他们曾借住过此洞。再之后，这个岩洞就被遗忘了，成为野兽的巢穴。

为躲避俄罗斯官兵耳目，双方商定，交易就在岩洞里进行……

燕南北一行仿佛闯进了虎狼窝。

陈大辫子端坐在高椅上，居高临下地盯着他们，面色铁青，目中寒光逼人。

两旁乱糟糟地坐着几十个土匪，各个横眉冷目，手中把玩着刀剑匕首之类。

见这阵势，随行几人的腿脚都哆嗦了，只有燕南北好整以暇，闲庭信步般走到陈大辫子面前，抱拳叫了声："桑大当家！"

陈大辫子冷冷地瞅着他，好半天才说："为你常家追杀马骏，我黑风寨已经折了好几个兄弟，却不见你们一句话，也没有任何表示，太不把我桑大刀放在眼里了！难道我兄弟的血白流了？贾元呢，他不敢来见我么？派你这乳臭未干的孩子作甚？"

燕南北微微笑道："贾元死了，难道桑大当家不知道？他可是死在黑土崖子，死在见你桑大当家回去的路上！"

陈大辫子愣了愣，眨巴着眼睛问道："贾元死了？死在黑土崖子？桑某怎么没听说？"随即瞪起眼珠，冷冷地说道："这么说，你是兴师问罪来了？"

燕南北抱拳道："不敢！贾元是马骏杀的，不关黑风寨的事儿！我来是要告诉桑大当家，贾元虽然死了，交易仍然有效，而且马骏的人头更值钱了，我岳丈出到六万两银子了！"

陈大辫子面色缓和了下来，却又冷笑道："六万两着实不少，只是那马骏太过棘手！反倒是把你留下来容易！如果绑你一票，不知你岳丈会出多少银子？"

燕南北笑道："桑大当家取笑了！南北道上，谁不知桑大当家英雄了得，怎么会做出这等不义之事，岂不让江湖上的朋友笑话！"

陈大辫子点头道："说的还算在理儿！想不到你年纪轻轻，倒也有胆有识！马骏觊觎老子的黑风寨，常在这一带出没，难道你不怕遇到他，像贾元一样丢了性命？"

燕南北傲然笑道："遇不到他，是他的幸运！就凭我薛海一身武艺，一手飞镖，要是遇上马骏，早结果他性命了！哪还用桑大当家费心！"

陈大辫子认真地看他几眼，忽然哈哈大笑道："桑某居然看走眼了，原来薛兄弟竟然身怀绝艺！桑某自幼习武，练就一手袖镖，最喜欢以镖会友，结交武林朋友！来，摆酒！我要和薛兄弟喝个痛快，顺便也见识一下薛兄弟的飞镖绝艺！"

燕南北忙说："不敢当！桑大当家面前，哪敢班门弄斧！薛海这次来，诚心想结交桑大当家，这也是我岳丈的意思！他老人家还有薄礼相送，桑大当家一定要笑纳！"

陈大辫子更高兴了，连声说了几个好，起身走下座位，亲热地拉着燕南北的手，一起来到居中的大八仙桌旁，相让着坐下。几个为首的土匪和燕南北带来的人分坐两边,其余的土匪围坐另外几桌,吵吵嚷嚷地吃喝起来。

燕南北敬酒道:“桑大当家,还有各位兄弟,薛海再敬一碗,先干为敬!今后这南北道上,还要多多仰仗!”

陈大辫子带头一饮而尽,随即抹抹嘴笑道:“薛兄弟,你胆量过人,言谈得体,还有武艺在身,真是难得!桑某最爱才了,一见薛兄弟就投缘!你若不是常大东家的女婿,桑某绝不放你下山,非拉你入伙儿,做二当家不可!”说完哈哈大笑。

燕南北也笑道:“桑大当家太过抬爱了!常听人说,绿林中藏龙卧虎,多有好汉,薛海一向仰慕得很!只是立志振兴家业,只好辜负桑大当家的美意了!”

陈大辫子笑道:“桑某不过说笑罢了,薛兄弟怎么还认真了!常家巨富人家,做常家的女婿,可不比在我这匪窝强百倍?”说完又哈哈大笑。

燕南北赔着笑笑,没有再言声。

酒至半酣,陈大辫子来了兴致,突然随手一挥,袖中飞出三支袖镖,呈品字形钉在几十米外的房梁上,每两支镖间的距离都一样,仿佛用尺子量过一般。之后,他有几分得意地笑道:“薛兄弟,为领教你的高明,桑某抛砖引玉,先献丑了!薛兄弟是行家,桑某这一手还过得去吧!”

燕南北连声叫好,竖起大拇指赞道:“桑大当家的袖镖出神入化,薛海真是大开眼界!随师父闯荡之时,也见过不少使镖的好手,都不及桑大当家高明,薛海也是自愧不如!关公面前不舞大刀,薛海只好藏拙了!”

陈大辫子哈哈笑道:“薛兄弟过谦了!我这不过是雕虫小技,比起马骏的穿山镖,尚逊一筹!我几个兄弟都是死在马骏的镖下!薛兄弟不把他放在眼里,镖技自然高明!桑某一定要见识一下!”

燕南北再三推辞,陈大辫子一再坚持。

燕南北无奈,从腰间取出三支镖,淡淡地说道:“桑大当家,我这镖叫带衣镖,薛海献丑了!”话音未落,镖已飞出,也呈品字形钉在几十米外的房梁上,而且恰恰钉在陈大辫子的三支镖之间,仿佛套进去的一般。

屋内鸦雀无声,几十号人,包括陈大辫子,无不瞠目结舌,好半天才轰然叫好。

陈大辫子端起酒碗,站起身说道:“薛兄弟,今日方知天外有天、人外有人,桑某是打心眼儿里服了!来,我敬薛兄弟一碗!”

燕南北忙站起身,谦恭地说道:“桑大当家言重了,薛海对大当家的镖法,也是十分的佩服!”说着和他撞碗,一饮而尽。

陈大辫子也是一饮而尽，抹抹嘴说道："薛兄弟，桑某有个不情之请！打一见面，就与兄弟你投缘，要不嫌桑某粗鄙，你我结拜为兄弟如何？薛兄弟是正经买卖人，若怕落个结交匪类的声名，桑某绝不勉强！"

燕南北抱拳道："大当家说的哪里话！薛海自幼父母双亡，随师父沿街卖艺，阅尽世间百态，饱尝人间冷暖，自问出身低卑，哪敢瞧不起桑大当家，只怕是高攀不起！"

陈大辫子哈哈笑道："好兄弟，既然如此，我这里现成的关二爷神像，你我现在就磕头结拜，今后就是异姓兄弟了！"说过，吩咐手下准备。

几个小土匪跑出去，很快就备齐了需要的东西。关公像前摆上三牲祭品，以及一只活公鸡，还有一大碗酒。

俩人各拿一炷香，点上，敬给关二爷。然后把鸡宰了，鸡血滴入酒中。再各自拔出短刀，划破左手中指，把血也滴入酒中，搅拌均匀，先洒三滴于地上，陈大辫子先喝一口，燕南北接着喝一口，剩下的放在关公神像前。

随后一起给关二爷磕头，陈大辫子念道："我桑大刀与薛海今日结为兄弟，从此以后有福同享，有难同当，不求同年同月同日生，但求同年同月同日死，天地共见，关二爷为证，如有二心，天打雷劈！"燕南北也照念一遍，只是把名字颠倒过来。最后，俩人对磕三个头，站起来就是兄弟了。

黑风寨杀牛宰羊，张灯结彩，给二人贺喜，好不热闹……

12. 双管齐下

亚伯莫夫来山西会馆之时,马景武和侄子马骏正用早餐。

马骏昨天刚到,一路上快马加鞭,风餐露宿,很是疲顿。闻听有人来见,懒洋洋地站起身,抓起一个俄罗斯大黑面包,匆匆抹上黑鱼子酱,转身就进了内屋。

马景武把亚伯莫夫热情地迎进来,吩咐下人收拾了餐桌,亲手给他沏上一杯顶尖的西湖龙井茶。冲泡之后,只见汤色杏绿,清澈明亮,叶底嫩绿,匀齐成朵,芽芽直立,栩栩如生,尤其是茶香,渐渐弥散,馥郁若兰,沁人心脾。

俄罗斯人嗜茶如命,宁可一日无食、不可一日无茶,不仅一日三餐有茶,还要喝上午茶和下午茶,每天喝茶可达五次之多。亚伯莫夫也是如此。加之长期经营茶叶,算得上见多识广了。可像这样的好茶,还是头一回见识,观色欲迷,闻香已醉,再品上一口,不由连声喊起了"乌拉"。

马景武笑道:"亲爱的亚伯莫夫,这是中国最好的茶,专门孝敬宫里的,我费好大劲儿才搞到一些,当然要和老朋友分享,走时候给你装上一半儿!"

亚伯莫夫眉开眼笑地谢道:"谢谢你,亲爱的马景武,我的老朋友!这么好的茶,我怎么舍得喝,我要献给我们尊敬的女皇陛下!"

马景武赞道:"亲爱的亚伯莫夫,难得你对女皇的忠心!为了让老朋友也喝上,我给你多装一些就是了!"

亚伯莫夫再次道谢,随即就切入了正题:"亲爱的马景武,作为燕家的老朋友,按照你的计划,我该做的都做了!总督阁下哪儿也打好招呼了,等他们交易结束,马上在边境线上设卡堵截,来个人赃并获!银器就由本国查收了,人移交给贵国驻恰克图理藩院司员!我要问阁下的是,我们的贸易什么时候进行?你要的棉毛织品我已经备齐了,我的库房早塞不下了,还借了三个库房!”

马景武拍拍他的肩膀,微微笑道:“亲爱的亚伯莫夫,你放心,就快到时候了！用我们的话来讲,就是万事俱备,只欠东风了!”

亚伯莫夫直眉楞眼地说:“什么东风？我不明白!”

马景武哑然笑道:“是这样！列昂尼德想筹够这么多银器也需要些日子,把我在恰克图交易来的银器都给他可就差不多了！这些银器我是按加五成的比例交易来的,我就按这个比例和你交易棉毛织品,你再把这些银器运到上乌金斯克,托一个可靠的人,按加七成的比例和列昂尼德交易！你想想会得多少利润！列昂尼德也是求之不得！这样一来,他们的交易就可以进行了！三义商号有我的人,一举一动都在我眼里！只要他们装运所有库存,进入贵国境内,咱俩的贸易马上进行！等他们遭遇贵国骑兵设卡堵截时,我早已离开恰克图,走在返回张家口的路上了!”

亚伯莫夫转着蓝眼珠,想了想,恍然大笑道:“亲爱的马景武,我再次谢谢你,又让我赚上一笔！你们中国商人真是精明,真是可怕,幸亏咱们是朋友!”

马景武摇摇头,淡淡地笑道:“亲爱的亚伯莫夫,我们中国商人最讲究诚信,‘利以义制、名以清修’,一点儿也不可怕！只是,对付敌人的时候,我们也不会心慈手软！这就叫以其人之道还治其人之身！算了,这话太复杂了,你听着费劲儿！还是给你讲个故事吧,有个叫陈其昌的山西人,14 岁走西口到关外,经营起一家驼马店。有人在他的店里存放了些东西,十几年过去了,一直无人来取。好多人都以为这个人早不在了,劝他把货处理了就算了。但他始终认为,货是人家的,他不能轻易处理,仍然给完好地保存着。十几年以后,当那个人的后代终于找来的时候,发现这些货依然完好无损。那个存东西的人就是我爷爷。这就是我们中国的商人!”

亚伯莫夫想了想,诚恳地说道:“亲爱的马景武,你说得对！你们中国商人大多都是好样的,就像燕家一样！说实话,当年听到子轩遇害,我一方面悲痛,一方面也心疼我的货物！没想到燕家能卖了老宅,赶这么远的路特意来结清货银！太让我感动了,太了不起了!”

马景武叹口气,端起茶,怅然说道:“亲爱的亚伯莫夫,就让我们以茶代酒,为燕家大仇即将得报,庆贺一杯!”

常万奎在冯记酒铺设宴为燕南北庆功。

这家酒铺还是十多年前的样子,就像原原本本地封冻到现在一般,只是老冯掌柜两年前过世了，现在的冯掌柜是他的儿子。

陪酒的只有俩人，一个是田大疙瘩，一个是韩老五。这几天他俩四处要账，忙得脚打后脑勺。常万奎叫他俩来，也是犒劳的意思。

常万奎心情非常之好。十几年来，他难得有一回这样的好心情。俗话说，不做亏心事，不怕鬼叫门。人要做了亏心事儿，连梦里都有鬼来勒脖子。不知多少个深夜，常万奎从噩梦中吓醒，浑身大汗淋漓，连被子都湿透了。曾经造下的恶孽，只能憋在心里，独自承受，连老婆孩子都得瞒着。虽有个贾元，也不能总在身边。就是在一起，俩人也尽量不提起过去那些可怕的事儿。这十几年，常万奎看似风光，其实内心饱受着煎熬。

自从下决心关闭商号，举家返回关内，常万奎顿觉一身轻，仿佛一下子得到了解脱。在他看来，人走债凉，仇恨也是一个道理。天下之大，只要银子够多，哪儿不一样生活，大不了隐姓埋名就是了。马骏不过是燕家的小伙计，还能为燕家的仇，对自己穷追不舍了？就算追来也不怕了，自己这姑爷完全能敌他。再说，还有桑大刀呢。这个薛海出现的太是时候了，简直就是常家的福分，不但女儿终身有了依靠，自己也多了个得力的帮手。

常万奎越想越高兴，越看燕南北越顺眼，这酒自然越喝越顺畅，杯子也就越举越频繁了，开始打起了通桌。

他先敬田大疙瘩道："老田，这些日子辛苦你了！又要甩卖货存，又要清点账目，还要分派收账任务，忙得连装袋烟的工夫都没有！万奎看在眼里，记在心头，回到关内，绝不会亏待你老田！来，我敬你一杯！"

田大疙瘩忙站起来，一口干了，乐呵呵地说道："大东家，你放心，我大疙瘩这辈子就是你常家的人了！就是被大东家你扫地出门，我也赖在常家门口讨饭吃！"

常万奎指着他的鼻子，哈哈笑道："你这个老田，万奎是这样的人吗？你跟我这么多年了，万奎什么时候亏待过你？"

田大疙瘩笑道："那是！大东家对我大疙瘩没得说！刚才是说笑，这回唠正经的！货甩出去五成了，账收回来六成了，我和老五再使使劲儿，就可以向大东家你讨功了！"

常万奎连说了几声好，又给韩老五敬酒道："老五兄弟，这些日子你也辛苦了！讨账可是麻烦活儿，贾元兄弟走了，幸亏还有你顶着！我估摸着，这越往后的账越难讨！兄弟你多留个心眼，千万别硬来！我们一拍屁股走了，你还要在这儿生活！大不了哥哥大笔一挥，那点账抹了就是了！"

韩老五也一口干了,随即竖起大拇指说:“常大东家就是仗义!不过,欠债还钱,天经地义!常家的银子也不是大风刮来的!贾元大哥在世的时候,讨账这粗活儿也是我做,算得上行家里手了,怎么也得给您收个差不离儿!”

常万奎点点头,说道:“好兄弟,只是不要太过勉强!”随即把头转向燕南北,笑道:“咱爷俩也满饮一杯!”

燕南北站起身,谦恭地说道:“薛海敬您!”

常万奎摆摆手,亲切地笑道:“你我不久就是一家人了,今后就不必这么客套了!你这趟差事儿办得好!我早知你武艺了得,也有过江湖阅历,可还是低估了你!桑大刀是何等人物?那是横行塞北多年的悍匪!居然甘拜你下风,还和你结拜为兄弟,哈哈,今后看谁还敢打我常家的主意,就马骏这狗崽子也得掂量掂量了!”

燕南北脸微微一红,说道:“薛海随师父沿街卖艺多年,沾惹满身江湖习气,至今不能彻底改掉!和桑大哥一见投缘,就不管不顾地结拜了,也没和您商量,正怕您责怪呢!”

常万奎哈哈笑道:“拜得好!拜得好!你这一拜呀,我所有的顾虑都没了,想什么时候回关内都可以了!咱爷俩先去一趟恰克图,回来马上就启程!”说着,和他干了一杯。

常万奎酒兴越来越高,频频端杯,挨个干杯,左一杯、右一杯,可就喝大发了,眼睛也直了,舌头也大了,坐在那儿直打晃儿。

见他醉得厉害,三人劝他回家。可他死活就是不答应。突然,他一拍桌子,失声痛哭起来,嘴里还一遍遍喊叫着:“我常万奎做过亏心事儿啊!造过孽呀……”

慌得三人忙围上前,好说歹说把他搀出酒铺,燕南北和韩老五轮流背着他,晃晃悠悠地往常家商号走。

此时天色已黑,街上行人稀少。

酩酊大醉的常万奎伏在别人背上,依然涕泪横飞地一遍遍喊叫着:“我常万奎做过亏心事儿啊!造过孽呀……”

接到银货办齐的消息,飞龙马上去见马景武。

马景武闻听非常之喜,本来正要出门会友,这下也不走了,非拽着飞龙喝酒。山西会馆有自己的酒楼,厨子也都是山西籍的。马景武图省事儿,让他们送过来酒菜,就在自己的住处和飞龙边喝边唠。

买卖上的事儿没什么可唠的，只等银器运来交易就是了。俩人边浅斟慢饮，边东一句、西一句，天南海北地闲聊。

马景武很随意地问道："兄弟呀，哥哥还不知你是哪里人氏呢？家里都有什么人啊？"

这一问，似乎触动了飞龙哪根神经，又或是勾起了他的什么心事，长叹一声，眼泪顿时下来了。好半天，他抹了一把泪，凄然笑道："老哥哥，让你见笑了！你这一问，勾起了我满腹苦水！如今我是孤寡一人，晚景凄凉啊！"

马景武拍拍他的肩头说道："是哥哥的不是了，戳到兄弟的痛处了！"

飞龙摇头道："老哥哥，没有关系，憋在心里有年头了，遇上老哥哥对脾气，兄弟也真想倒倒苦水！说起来，我也是山西人，听娘说，就在宁武关一带！有一年大荒，我爷爷含泪抛下挺着大肚子的奶奶走了西口，第五年的年关，有人带来消息，说他病死在包克图！我爷爷这辈儿是三代单传，没有哥儿兄弟可指望，奶奶只好背上我年幼的爹，远走包克图，去给爷爷收尸！爷爷这一病死，就没人捎银子了，回家乡也是死路！奶奶决定不走了，背着我爹在包克图沿街讨饭！奶奶是个精明的女人，很快发现了一个不被人留意的商机！包克图一带有上万头骆驼，每年驮着商货南来北往，沿途屙下无数的粪便！驼粪晒干了可以烧火做饭，还很抢手！奶奶开始捡驼粪，晒干了卖掉，一口袋有一吊钱的利润，几年下来，奶奶就买下了十三间房子，开起了驼马店……"

马景武竖起大拇指赞道："了不起，难为你奶奶一个女人了！"

飞龙点点头，接着说道："给爹娶亲那年，奶奶积劳成疾，病倒在炕，没两个月就过世了！我娘是个少有的美人，是奶奶千挑万选才给爹定下的，爹也是十二分的喜欢！我娘常哭着讲，我爹是个好人，只是太倔强，脾气也暴躁，常为琐事得罪乡邻，不知怎么就惹来了杀身之祸！有一天夜里，来了一伙儿土匪，独独翻进我家，杀了我爹，掳走了我娘！我娘到地方才知道，这伙儿土匪是黑风寨的金大娃绺子！我娘当时怀我六个月，金大娃要我娘做他的压寨夫人！我娘为给我爹留后，强颜欢笑着应了，但要等到生下我之后！我娘其实是拖延时间，想寻个机会逃走！可是金大娃盯得十分紧，直到产下我，也没找到出逃的机会！我娘坐月子期间，山上已经开始筹备喜事了！我娘偷藏了一把剪刀，准备到那一天，先杀了我，然后自尽！她不是不想行刺金大娃，只是觉得以他的狡猾，不可能得手，反倒会被玷污！她更知道，金大娃容不得我活在世上，肯定要斩草除根！所以，我娘心一横，娘俩一块儿走！就在这时，突起变故，柳大刀绺子杀上山，杀了金大娃，夺取了黑风寨！柳大刀心肠很好，得知我娘俩的情况，很是同情,给了一笔银子,又把我娘俩送回家!家里的钱财早就没了,好在房子还在!我娘靠出租房子,把我拉扯大……”

马景武又赞道:“了不起,你娘也了不起!”

飞龙抹抹眼泪,继续讲道:“我娘过世也早,那年我才十八岁!要说我这一生,真是命运多舛,想起来就心酸!突然一场大火,烧光了所有房子,只得去人家做伙计!这家有个独生女儿,相当美貌,不知怎么看上了我,招我做了上门女婿!岳父岳母视我如亲生,我夫妻也十分恩爱!不久,我妻子就怀孕了,把我这个美呀!可是,冥冥中,好似有一支无形的手在折磨我!我那爱妻死于难产,孩子也没保住,岳父岳母伤心过度,不到两年相继去世,又把我孤零零地抛在这世上!我伤心透了,也想明白了!看来,命中注定,我要孤单一世!要不然,老天何以夺走我身边的所有亲人?从此,我心灰意冷,也没有续弦,一直到今天,已经年近六旬了……”

飞龙涕泪横飞,讲得十分动情。也难怪,他所讲的家事儿几乎都真实,只不过后面有些出入。房子早在杀他爹的当晚,被土匪一把火烧了。柳大刀抢占黑风寨之时,他娘俩已经是走投无路。柳大刀夫妻刚有个女儿,也就比他大几个月。除了柳大刀的妻子,也就是压寨夫人,山上再没有别的女人。她自然寂寞,就劝他娘留下,彼此也好做个伴。他娘一是无处可去,二是看柳大刀不似奸徒,就暂且留在了山上。这一留,就留成了坟头。飞龙自幼随柳大刀习武,又娶了他的女儿小凤姑。再后来,做了黑风寨大当家。小凤姑不是死于难产,是舍命救夫,死在乔耀武的镖下,当时的确身怀有孕……

马景武虽知他是作恶多端的土匪,仍不免为其辛酸的人生经历唏嘘,拍着他叠放在桌上的双手劝道:“兄弟呀,都过去了,还是想开些吧!”

飞龙点点头,握住他的手,诚恳地说道:“老哥哥,我对你讲这些,一来是真拿你当哥哥看了,二来还有求于老哥哥!”

马景武一愣,说道:“哦,说吧,哥哥听着呢!”

飞龙叹了口气,说道:“老哥哥,我也这般岁数了,还能吃几年的苦?该给自己想个稳妥的后路了!我有两个异姓兄弟,跟我多年,是我的左膀右臂!我们哥仨一致决定,做完这笔买卖,就离开这蛮荒之地,去天子脚下另图个安逸的发展!哥哥,你在京城交际广,八旗王公贵族都能说上话,给引见两个要紧的人物,我哥仨的日子也就好过了!”

马景武拍着胸脯说:“这是小事儿,包在哥哥身上!”

飞龙起身道谢,随后告辞道:“老哥哥,我还要捆装货物,组织车队,就先回去了！等把哥哥的银货运回来，再和哥哥大醉！”说过，执意不让送出门，大步流星地去了。

目送他离去的背影，马景武心情复杂……

燕南北一大早就被常玉婷逮住了。

怕感情上陷得太深，以至于虽然报了仇，却终生要为这段孽缘痛苦，也为尽可能减弱迟早会给她造成的心灵伤害，燕南北尽量躲着常玉婷。从黑土崖子一回来，他就主动去帮柜上讨账，每天早出晚归，好似做贼一般。尽管如此，还是没逃过她的五指山。

今天一早，他一推开门就傻眼了，常玉婷守在门口，掐着蛮腰，一双乌亮的眸子含怨带怒，莹白的双颊亦泛着薄怒的红晕。

燕南北不知所措，只好挠头道：“玉婷，你怎么来啦？”

常玉婷一见他，满腔怨气似乎被一阵风吹去了，杏眼中盈满柔情，甜甜地笑道：“薛大哥，归化城各行社、商号、店铺大祭财神，举办三天庙会，从今天开始，可热闹啦，还有好看的‘脑阁’呢！我要你陪我去看！”

燕南北不停地挠着头，说道：“可是，我还要帮柜上讨账去呢！”

常玉婷玉手一挥，打掉他的手，跺足道：“挠什么挠？长虱子啦？我跟爹说了，再不让你去讨账了，那不是你做的事儿！走，先吃饭，然后陪我去归化，爹也同意啦！”边说边拽住他胳膊，拖他去后宅。

燕南北无奈，只好任凭她摆布。

和常家人一道吃过早餐，没等撤走碗筷，常玉婷拉着燕南北就走，却被弟弟常玉祥拦在了门口，吵闹着非要跟着去。

常玉婷怎么哄劝都不管用，只得回过身求助爹爹。常万奎瞪起眼珠，呵斥道：“你给我让开门，不许你去！”

常玉祥不敢违拗，委委屈屈地让开道。

常玉婷拉着燕南北跑到马厩，选了两匹最快的马，纵马赶奔归化城。可是，一路上都是去庙会的人马车辆，熙熙攘攘，络绎不绝，再快的马也跑不起来。等俩人赶到之时，拜财神的庙会已经开始好一会儿了。

这座财神庙建于雍正二年，山门、过殿、正殿、东西配殿、禅房、亭院、戏台等应有尽有，是归化城诸多财神庙之最。财神庙北面是费公祠，建于康熙三十七年，里面供奉着费扬古大将军。归化城庙多，正所谓“一座城池半城庙”。仅财神庙附近就有关帝庙、奶奶庙、龙王庙、三贤庙、文庙、岳王庙等诸多庙宇。都是走西口的商民兴建的。平常时候，这一带就是商家云集之地，赶上今天的大庙会，那更是人山人海、拥挤不堪了。

常玉婷牵着燕南北的手，穿行在人群中，一双杏眼左顾右盼，嘴角笑意盈盈，时不时扭过头，和燕南北说笑几声。

燕南北既来之则安之，索性按捺下心头的烦恼，陪她一起说说笑笑。

忽然，远远传来齐声高喊："脑阁来了！"人群顿时炸了锅，一窝蜂似的涌去，好多人跑掉了鞋，刚要弯腰去捡，就身不由己地被人流卷走了。

燕南北此时卖了力气，牵着常玉婷左突右冲，终于挤过密集的人墙，站到夹道等候观看脑阁的人群最前面。

脑阁是山西一种独特的表演形式，随走西口的人流传到归化城一带。"脑"是方言，把东西举起扛在肩上之意。下面扛着人的叫"色脚"，身上套上铁架子。上面被扛的儿童叫"色芯"，一般为 5 至 7 岁的漂亮儿童，身穿彩色鲜艳的衣服，扮成各种历史或戏剧中的英雄人物，再以花草彩云装饰。随着欢快、铿锵的锣鼓节奏，头和胳膊自然地舞动起来，显得婀娜多姿，活泼可爱。

长长的队伍踏着鼓点，翩翩舞动着由远而近。不管是"色脚"，还是"色芯"，都非常卖力。每个色芯都是一个耳熟能详的人物，扮相十分传神，让人一眼就能叫出名。有《八仙过海》中的八仙，《西游记》中的唐僧师徒，《水浒传》中的武松等英雄，《三国演义》中的刘关张，还有《天仙配》、《白蛇传》、《梁山伯与祝英台》、《孟姜女》、《牛郎织女》、《昭君出塞》等戏剧中的人物。

人们指指点点，欢呼雀跃，喊叫着一个个熟悉的名字。

常玉婷也随大家欢叫着，兴奋地拍着手，一张俏脸涨得通红，好似成熟的红苹果。可是渐渐的，她脸上的笑容消失了，也不再拍手欢叫了，向燕南北身边贴了贴，默默地低下头，好似忽然有了心事。

燕南北察觉到她的变化，侧过头问道："怎么了，玉婷？"

常玉婷抬起头，有些害羞地笑道："薛大哥，你看，那是牛郎和织女，那是梁山伯与祝英台，那是董永和七仙女，那是许仙与白素贞，你说这四个故事，哪个最好？"

燕南北笑道："我？我看哪个故事都好！"

常玉婷轻轻摇摇头，幽幽地说道："薛大哥，玉婷不这么看！董永和七仙女被玉帝拆散了，一个在天上，一个在凡间，再不能相依相伴了；许仙与白素贞被法海拆散了，一个在塔下，一个在塔外，再不能卿卿我我了；牛郎与织女被王母拆散了，天河相隔，虽有一年一度的鹊桥相会，却再不能朝朝暮暮了。玉婷都不喜欢。玉婷只喜欢梁山伯与祝英台。他们俩彼此殉情,化作两只蝴蝶,比翼双飞,永远也不分开,好感人啊!薛大哥,你说呢?”

燕南北心头一沉,默默无语,突然有一种强烈的逃跑的念头……

飞龙三兄弟从恰克图雇了一支三套马车的车队,押运着所有库存的货物,到达戈罗达沃崖岩洞时,列昂尼德已经等候在那里了。

双方交易过货物,各自重新装车,随后寒暄两句,就握手告别了。

交易进行得顺利,飞龙三兄弟心情极好,意气风发地并马走在车队前头,韩柱子深情地哼唱着蒙古民歌,杨豹子悠闲地吹着俄罗斯小调。俩人时不时地被对方拐跑了调儿,笑骂争吵几句。

天气晴朗。茫茫大草原一望无际。长长的车队逶迤而行,虽然载着笨重的货物,速度却不慢。这是因为,俄罗斯马车每辆都套驾三匹马,奔跑起来自然游刃有余。不时看到茂密的桦树林,数不清的白桦树在微风中哗哗作响,飞舞的树叶煞是好看。

除了头两辆车载的是酒和茶叶,其余车上都满载着银器。酒是“魁”字白酒,茶是俄罗斯人最喜欢的“川”字砖茶,飞龙三兄弟怀里还备有大把的卢布,这三样东西都是给有可能撞上的俄罗斯官兵准备的。因为是边境地带,驻有大队俄罗斯骑兵,碰到土匪的可能性极小。却肯定会不止一次遇到一小队一小队的俄罗斯骑兵。这些骑兵好似尝到鱼腥的猫,每天都要跑出来几趟,眼巴巴地守在路边,就等中国商人的车队路过。你要是不意思意思,就算没有违禁品,也给你翻个稀巴烂。但只要送上这三样东西,尤其是中国的烈酒,他们马上眉开眼笑,大手一挥,让你开路了。

可是今天怪了。走出三分之二的路程了,已经穿过离恰克图最近的俄罗斯小镇色楞杜马了,竟然没遇到一队俄罗斯骑兵。

飞龙心里就犯嘀咕了,皱紧了眉头说道:“老二、老三,咱兄弟没少走这条道,什么时候见这么消停过?竟然没一处设卡!哥哥越想越不对劲儿,可要加倍小心了!”

杨豹子倒吸口凉气,转动着独眼说道:“哥哥,叫你这一说,我心里也直敲鼓!是他娘的不对劲儿!老毛子骑兵最好酒了,光给卢布还不高兴呢,难不成集体忌酒了,连一拨出来找酒喝的都不见?”

韩柱子却满不在乎,晃着脑袋说道:“管他呢,碰不上更好,把酒都省下,回去我慢慢喝!要我说,甚事儿没有,是咱兄弟顺当了,走哪儿都顺当,就到了京城都顺当！”

飞龙笑道：“老二，这些日子，你脑子里没别的了，光剩天子脚下的京城了！也是，哥哥心头也热乎着呢，恨不得马上拔腿就走！咱兄弟半辈子刀尖上舔血，又窝在这鬼边塞十几个年头，也该过过锦衣玉食、使奴唤俾的安逸日子啦！”

杨豹子乐呵呵地说道：“哥哥，你说我心坎上了！到了京城，别的不说，我先娶他娘的两房老婆，再生他娘的几个儿子，我杨豹子也算有后了！”

韩柱子直拨楞脑袋：“三弟，瞧你那点出息，也不嫌麻烦？要我说，还是逛窑子省事儿，儿女更是累赘！听说京城的窑子叫什么青楼，大姑娘个顶个的漂亮，还会吹拉弹唱！到了京城，我先不干别的，把京城的窑子逛遍了再说！”

飞龙哈哈笑道：“老二，你那点出息还不如三弟呢！咱到了京城，先立住脚，然后还是要做点事儿，不能坐吃山空！我合计银票这东西好，对做买卖的人太方便了，揣怀里是一张轻飘飘的纸，不显山不露水，需要时掏出来，就能兑换成银子，可让买卖人省老心了！听说天顺当靠这个发了大财，咱也琢磨琢磨，兴许就能干成了！哥哥巴结那个马五爷，可不光为这回的买卖，更多想的是咱兄弟的退路！银票可不好经营，那得有朝廷撑腰，要不然也不能又叫官票！那个马五爷可不简单，是八旗王公贵族的买卖总管，在京城手眼通天，有他照应和搭线儿，咱不管经营什么，都没个不成的……”

这哥仨唠得高兴，一时忘了刚才的担忧。此时，太阳已经落山，晚霞映红了远天，也映红了近边的桦树林，色楞杜马已经被远远抛在后面，边境线却越来越近了。

就在这时候，突然一声尖锐的哨响，从两侧的桦树林中涌出大队俄罗斯骑兵，手中或举军刀或端火枪，呈扇形逼拢过来。

韩柱子轻松地笑道：“大哥、三弟，让你俩叨咕吧，这下把大鼻子骑兵叨咕来了吧！”

飞龙瞪他一眼，没有说话，面色凝重，目光炯炯。他在一瞬间就看出了问题。这些骑兵人数众多，而且事先埋伏，直等车队靠近才现身，显然不是无的放矢，极有可能是冲着这批银器而来。

这时候，那些骑兵已在几十米外站定了，领队的竟然是一名上校。

就在飞龙方寸大乱，不知如何是好的时候，上校驱马上前几步，厉声喝道：“对面的中国人听着，有人举报你们私运违禁银器处境！我以尊贵的女皇陛下的名义命令你们，放下武器，接受检查，否则格杀勿论！”

闻听此言，韩柱子和杨豹子的脸顿时也白了，异口同声问道：“大哥，怎么办?”

飞龙一咬牙,低声说道:“二弟、三弟,没别的办法,只能杀出去了,咱兄弟不能栽在老毛子手里！对面的是个上校,就奔他杀过去,要能绑了他的票,连这批货都保住了！兄弟们,跟我杀!”说着双腿一夹,纵马抡刀直取那上校。

韩柱子和杨豹子毫不迟疑,挥举马刀,紧随其后,也杀将上去。还有十几人跟在他俩身后,嗷嗷怪叫着杀了过去。这十几人都是黑风寨仅存的老班底,此时被激起了匪性,连眼睛都变成血红的了。车夫们自然不会参战,早抱头蹲在各自的车旁了。

飞龙还没等接近那名上校,就被十几名骑兵半道拦截,厮杀在一起。韩柱子和杨豹子刚要助战,飞龙高声喊道:“擒贼先擒王!”

韩柱子、杨豹子等老匪闻听此话,再不停留,好似一阵疾风,扑奔那名上校。那名上校在众多骑兵的护持下,屹然不动,仿佛石雕泥塑一般,只是嘴角微微冷笑。也不见他有什么动作,数十名骑兵恰似接到了命令,同时从三面冲杀过来,围住这十几个老匪,走马灯似的厮杀。

韩柱子狂性发作,一声雷吼,豁出后背连连挨刀,将前面几名骑兵砍下马,终于杀开一条血路,饿狼一般扑取那名上校。

那名上校好整以暇地挂上马刀,却从腋下拔出火枪,瞄准迎面杀来的韩柱子。他身边一线排开的骑兵也是同样的动作,只不过端起的是长枪。说时迟,那时快,韩柱子与上校只有两个马身的距离了。十几把火枪同时开了火,把韩柱子掀下马背,浑身都被打烂了,散发出火药和皮肉焦煳的气味儿。

杨豹子此时也杀出了重围,直奔这边扑来,身后如影随形地追赶着数名骑兵。眼见形影不离的二哥惨死面前,他心神剧震,一时呆住了,脑子里一片空白。就在这刹那,身后数名骑兵已追至,一顿乱刀,将他砍死在马下。

飞龙边厮杀,边留意着战局。此时目眦尽裂,却又魂飞魄散,知道再不走,自己也是死路一条。猛地大喝一声,奋起余威,左突右冲,接连砍翻好几名骑兵,终于杀出重围,没入密集的桦树林……

13. 残霞如血

马骏和伯父马景武在乌尔格顺风驼马店道别。

乌尔格就是今天的蒙古国首都乌兰巴托。当时是喀尔喀蒙古“活佛”哲布尊巴一世的驻锡地。当地牧民以活佛的庙为中心游移而居。因为乌尔格处于“茶叶之路”上,是去往俄罗斯的必经之地,每年都有大批南来北往的商队通过,加之很多汉商落户这里,常年与当地蒙古族牧民交易,逐渐繁荣起来,形成了集市。

顺风驼马店就在集市最南头,掌柜也是走西口的汉人。

马景武和驼队不在乌尔格停留,马骏和兄弟们却要住在这家驼马店,为的是守株待兔等飞龙。飞龙已成丧家犬,别无选择,只能南逃。这家驼马店是他必经之地。就是他自己不来住,刘四儿也会把他引进这家驼马店。

马景武是上了岁数的人,跟着驼队连日奔波,风餐露宿,免不了腰酸背痛。和侄子分手之际,也想略作休息,就跟马骏进了驼马店,爷俩要俩菜喝起来。驼队没有停下,依然走它们的,一头挨着一头不紧不慢地穿过集市。爷俩喝酒这工夫,最前头的骆驼至少走出十几里地了;可一直到爷俩喝好收杯,最后头的骆驼还看不到呢。

马景武又喝了几杯茶,直等最后头的骆驼也走过去了,这才起身离开驼马店。

马骏送出来,给伯父牵过马。

马景武刚要翻身上马,似乎想起来了什么,犹豫了一下,对马骏说:“孩子,杀人不过头点地!听伯父的话,给飞龙一个痛快吧!”

马骏一愣,张张嘴,却没有说话,只是点点头。

马景武拍拍他肩膀,这才翻身上马,不疾不徐地追赶驼队去了……

马骏送走伯父马景武,就和兄弟们住进了顺风驼马店,一住就是三天。每天没有别的事儿,除了喝酒还是喝酒。

第三天的黄昏,天上乌云密布,好似锅盖压顶,却没有一丝风,让人喘不过气。马骏久等飞龙不来,心头有些郁郁,正和兄弟们喝闷酒,忽听平地一声惊雷,下起了瓢泼大雨,伴着激烈的电闪雷鸣。

这样的鬼天气,不可能有客人了,伙计跑出去关大门。他出去时举着油纸伞,回来时伞还在他手里,只是遮在了别人头上。冒雨来的是两个人,一个年近六旬,一个三十左右,浑身都湿透了,好似落汤鸡。

马骏懒洋洋地扫一眼,不由浑身一震,心头阵阵狂喜。那年轻的正是他派去恰克图的兄弟刘四儿,那么老家伙必然是飞龙无疑了。

掌柜殷勤地招呼客人,给二人换身干衣服,又引二人坐到炉火边的桌子上,端来两碗热乎乎的姜汤。

俩人喝了姜汤,谢过掌柜,又要了些酒菜,默默地吃喝起来。

这俩人正是飞龙和刘四儿。

飞龙逃过边境,回到恰克图,白天不敢露面,夜里才翻进自家商号,悄悄摸到刘四儿的住处,把经过说一遍,并让他去山西会馆,探听马五爷的动静。

刘四儿很快就探听到,马五爷已经和亚伯莫夫交易,几天前就离开恰克图,正在回张家口的路上呢。

飞龙跺足捶胸道:“上当了,上当了,上老鬼的当了!我飞龙终日打雁,临到了却被雁啄了眼!好深沉的心计,好狠毒的手段!要不是仇家所派,那就是活见鬼了!可怜我二弟和三弟,惨死异国他乡,连尸骨都没人收!我飞龙要不能为兄弟报仇,把那老鬼碎尸万段,誓不为人!”

刘四儿抹着眼泪说:“二东家、三东家待我都不薄,我刘四儿是知恩图报的人,虽不会武艺,帮不上大忙,却可以给大东家跑跑腿儿,也算尽点心意!”

飞龙拍着他双肩说道:“好兄弟,打今儿个起,哥哥就拿你当亲兄弟!”说着,从怀中掏出一沓银票,又说道:“兄弟,看到没,这是京城天顺当的银票,见票既兑!随便抽出一张,就够你活一辈子!等杀了那老鬼,哥哥领你去京城,给你买地置宅,娶妻纳妾,过神仙一般的日子!”

就这样,俩人结伴,顺着南去的商道,追赶着驼队,来到了顺风驼马店……

飞龙还没有从悲伤中摆脱出来,心情极度郁闷,一言不发,只是默默喝酒。刘四儿很知趣儿,也一声不吭,只是殷勤地倒酒。喝来喝去,不知是喝多了,还是怎么了，飞龙突然头一垂，伏在桌子上一动不动了……

等飞龙醒来的时候，已经是第二天的清晨了。他骇然发现，自己竟然在荒郊野地，还被捆绑在一棵大树上，面前站着十几个彪形大汉，各个面色冷峻，刘四儿也在其中。

飞龙瞬间已经明白了，长叹一声，缓缓说道："刘四儿，你究竟是何人，又是何人主使这一切，让我飞龙死个明白！"

刘四儿指着马骏笑道："这是我大当家马骏，你问他好了！"

飞龙闻听是马骏，仔细盯他几眼，点点头，说道："原来你就是马骏，当年远远一个照面，也没有看清你！既然是你，必有燕家的后人，我飞龙认了！如果可能，给我个痛快，我纵到阴曹地府也感激不尽！"

马骏淡淡地说道："我本想拿你'看天'，最次也要你尝尝'穿花'的滋味，只是有人替你求情，让我给你个痛快！只好便宜你了！记住了，替你求情的是我二伯，你也认得的，就是那马五爷！"

飞龙长松了口气，说道："替我谢谢马五爷！"随即把脖子往后一仰，缓缓闭上了眼睛。

马骏镖已在手，再不迟疑，腕间运力，抖手发出，正插中飞龙的咽喉，整个镖身几乎没了进去，镖尾红绸坠在他胸前，好似流出的鲜血……

常万奎一行早上从包克图出发，当天黄昏就到达白云博格都。

白云博格都是"富饶的圣山"的意思，是当地蒙古族牧民祭拜的神山圣地。这座山位于南北道上，是从包克图去往恰克图的必经之地。南来北往的商人路过这里，不管再忙也要歇个脚，上山去祭拜敖包。就有人发现了商机，在路边开了一家驼马店。

这家驼马店的掌柜是潘姓三兄弟，也是山西人，原来都是包克图跑草地赶老倌车的车倌。他们靠每年一次，每辆车一根，从乌尔格拉运轻浮皮张时，绞车用的绞棍的积攒，盖起了清一色的柏木做椽的房屋，开起了这家驼马店，生意很是红火。

常万奎此行是要去恰克图。

这些年，他一直和飞龙联手做买卖。三义商号就好似常家商号的分号。每年，常家都要驮运过去大量南方的货，直接卸到三义商号的库房，再把他们用去年的货物交易来的俄货装上，运到南方销售或交易。所以，三义商号始终短着常家一年的货物。常万奎已经决定，停了所有买卖，举家返回关内，只是这批货让他心疼，明知飞龙不会轻易吐出来，他还是想试一试，就领着燕南北、常玉婷以及一帮护卫出来了。常玉婷是执意跟来的，女扮男装，一路上始终和燕南北并马走在一起。

一行人甩镫下马之时，早有几个伙计迎了出来。随后，潘家老大也亲自跑了出来，热情地和常万奎招呼道："呦，这不是常大东家吗？这是去乌尔格还是恰克图？快快往里请！"

众人把马交给伙计，跟着潘老大往里走。常万奎边走边随意地问道："老潘，最近北边有什么新鲜的事儿吗？"

潘老大笑道："常大东家，让您问着了，还真就有新鲜事儿！这些天儿，北来的客人没唠别的，光唠一个事儿了！恰克图三义商号马东家被人弄死了，吊在出乌尔格不远的路边的树上，脖子上还挂了条幅，写道：此枭乃黑风寨匪首飞龙……"

常万奎脑子嗡的一声，踉跄一下站住了，脸色刷白，耳边好似蜂群嗡鸣，接下来的话一句也没听清。

潘老大发现他的异常，停下来关切地问道："常大东家，您这是怎么了？"

常万奎定定神，勉强笑一笑，说道："没什么，只是太意外了！做梦都想不到，马东家就是恶匪飞龙！怎么就让人杀了，他商号还欠我一笔货银呢！"

潘老大摇头道："常大东家，不管多少银子，都不用惦记了！听客人们说，马东家那俩兄弟死得比他还早呢！据说是因为和老毛子贸易了大批银货，没走出老毛子的地界，就遇上老毛子的骑兵了，那哥俩还真有种，愣敢和老毛子交手，结果就把命丢那儿了！"

常万奎问道："老潘，杀马东家，也就是飞龙的，知道是何方神圣吗？"

潘老大点头道："早就传开了，是燕家的后人和马骏！就昨天，一拨从乌尔格回来的皮货商还说呢，他们在路上遇到一伙人，其中有马骏，为首的是一个小伙子，自称是被飞龙他们害死的燕东家的儿子燕南北，问了半天包克图的情况，还向他们打听常大东家您呢！"

常万奎的脸色极其难看，微微抖着嘴角问道："好奇怪，打听我做什么？"

潘老大摇头道："不知道！听他们说，就是东拉西扯地问了问，也没说做什么！"

常万奎没再问，定好房间后，对常玉婷说道："上岁数的人就是比不过你们年轻人！爹累了，也没胃口，就先歇着了！你和薛海安排大家吃饭，别的明天再说！"说过，转身进了房间，再没有出来。

第二天早晨，大家来吃早饭时，常万奎已坐在驼马店的厅堂里。

燕南北关心道："您没事吧？休息好了吗？"

常万奎笑道："还好，还好！人这一上岁数，腰腿跟着就老了，这才走一天的道儿，就累得直不起腰、迈不动腿儿了！唉，还是年轻好啊！"

常玉婷给他捶背，边捶边问道："爹，吃过饭，你就带我俩去祭敖包吗？"

常万奎拍拍她的脸蛋说："你和薛海去吧，快去快回。爹还要歇歇，不想动窝了，就坐这儿喝茶了！"

等他俩走后，常万奎独坐喝茶。厅堂里还有几拨人，不是驼倌、车倌，就是护卫、伙计，围坐着喝茶闲聊，等各自的东家祭敖包回来。飞龙三兄弟的死成了热门话题。几桌人唠的都是这事儿，和潘老大说的没什么出入。常万奎竖起耳朵听了半天，也没听到什么新鲜的，索性不听了，默默盘算自己的事儿。

祭敖包用不了多长时间，燕南北和常玉婷很快回来了。常万奎让燕南北结了账，吩咐店伙计牵来马，领着一行人出了驼马店。

他率先上马，说了声走，就顺来时的路驰去了。

众人的马头一致朝北，见他往南去了，一时都不知所措，回过头发愣。常玉婷追出几步，喊道："爹，咱不是去恰克图吗？应该往北走啊！您这不是越走越远吗？"

常万奎头也不回地大声说道："还去什么恰克图？走吧，打道回府！"

燕南北等人调转马头，连连挥舞马鞭，追赶了上去……

常万奎把燕南北、田大疙瘩和韩老五叫到后宅，进一步商量回关内的事儿。

飞龙三兄弟的死，尤其是燕家后人的现身，让常万奎感觉到危险步步逼近，每时每刻都在心惊胆战、如坐针毡，促使他做出了马上就走的决定。只是有房屋和地产还没来得及转卖，常万奎无论如何也舍不下，而自己又一天也呆不下去了，就想和他们商量一下，看看怎么办才好。

田大疙瘩说："大东家，我倒想留下来，帮您办妥这事儿，只是房屋和地产转手，契约上必须有您自家人画押，我大疙瘩也充不了数啊！"

常万奎点头道："是啊，是啊，这我也知道！可是，我常家几代人在包克图经营，房屋地产着实积攒下不少，要等全部转手，不知要拖到猴年马月！唉，我是一天也呆不下去了，多呆一天都可能疯了，反正我是不管了，选个良辰吉日就走！这善后的事儿呢，就交给老田了，主意呢，也由你拿！"

田大疙瘩皱着眉头，吧嗒着嘴，连连挠头。

韩老五讨账逼债是好手，这事儿上帮不上忙，所以一言不发。

常万奎见二人都不吭声，显然是没什么主意，不满地轻哼一声，转而问燕南北："薛海呀，你有没有好主意?"

燕南北忙抬起头，微微笑道："我有个主意，您看行不行！您和玉祥带着细软先走，让玉婷留下善后，我把您送过杀虎口，再回来接她！玉婷一直女扮男装，帮您打理买卖，和包克图大小商家都熟，也没人知道她是女儿身，完全可以代替您画押！"

常万奎想了想，一拍大腿说道："好主意！玉祥尚幼，还不够精明，办不了事儿！要说玉婷这丫头，不是我当爹的夸她，天生就是做买卖的料儿，留下她我一百个放心！这丫头喜欢女扮男装，我没少说她，今天看来，是歪打正着了，没想还派上大用场了！"

田大疙瘩笑道："我也觉得行！说到小姐做买卖，那绝对是一把好手，我大疙瘩早就服气了！不过，她经手时间毕竟短，有些地方还生着呢，我留下来帮把手，那就更稳妥了！"

常万奎站起身，笑道："好，就这么定了！玉婷留下来善后，老田给她把舵，老五兄弟负责你侄女的安全！我明早就去大召寺，让大喇嘛给选个良辰吉日！薛海和玉婷收拾细软，都打好包裹，咱随时准备走！"说到这儿，他面色一沉，冷冷地说道："都给我记住，一切在暗中进行，不可走漏半点风声！"

三人站起身，齐声答道："是！"随后一起离开，各回住处。

待他们走后，常万奎来到女儿的房间，把刚才商量出的结果说给她，并问她愿不愿意留下来，迟一步再走。

常玉婷好半天不置可否，低头把玩着青葱玉指，眉目间透出淡淡的忧愁。在常万奎的再三催问下，她终于点点头，随即咬了一咬银牙，问出一句不相干的话："爹，我问你个事儿，您一定要跟女儿说实话！燕子轩夫妇是不是爹买凶杀害的?"

常万奎面色一变，霍地站起身问道："你，你问这做什么?"

常玉婷没理会他的问话，自顾自地喃喃说道："好多人背地里都这么说，女儿还只当是谣言！可是贾元叔叔被杀了，恰克图三义商号的马伯父也被杀了，马伯父居然就是杀害燕东家夫妇的大土匪头子飞龙！还有前些天，您有一次醉酒，喊了一夜：我做过亏心事儿啊，造过孽呀……种种迹象，由不得女儿不多想！女儿想问的是，下一个是不是该轮到爹了，所以爹才急惶惶地要回关内?"

常万奎喟然长叹道："女儿，你就不要问了！生生死死，是是非非，无不是天意，哪由得人做主！你叔万胜初次出关，就死在关外，还不是命中注定！这些年，归化城一带的大庙小寺都让爹拜遍了，烧了无数支香，磕了无数个头，为的是什么？爹心里不好受啊，你就不要折磨爹了！”说着扭头就走，背影显得十分憔悴。

常玉婷哽噎着唤了声“爹”，杏眼中流出两行热泪……

八月的勒川河好似一条黑龙，横卧在茫茫的塞外草原上。

河畔的昭君墓远看黛色朦胧、若泼浓墨，近看芳草萋萋、碧绿如茵，仿佛一颗半埋在草中的绿珍珠，被这条黑龙呵护在身边。

常玉婷久久伫立在昭君墓前，阵阵清风吹得衣衫抖动，一身男装掩藏不住她婀娜多姿的身材。等她回过头的时候，一双美丽的杏眼中已经饱含泪水。

燕南北站在她身后不远处，默默望着她俏立的背影。见她回头走来，又见她眼中含泪，忙迎过去问道：“玉婷，你这是怎么了？”

常玉婷紧咬着玉唇，轻轻推开他，走到拴马的树旁，解开马缰，翻身上马，就顺来路驰去了。燕南北挠挠头，只好也骑上马，追了上去。

这些日子，常玉婷常常莫名其妙地伤感，于是就对燕南北使性子。她越是使性子，燕南北越对她滋生爱怜，这让他更加不好受。尤其是每每想到悲剧临近，两个人的情缘到头，自己将留给她一生的痛苦，而自己又何尝不是如此，他就心如刀绞。可是已经无法改变，一切都身不由己了。他能做到的，就是在相处的最后日子里，让她尽量开心。尽管自己是多么痛苦。

俩人默默走出老远，常玉婷的心绪才似乎平静了，侧眼看着燕南北，嫣然说道：“薛大哥，玉婷又使性子了，你不会不高兴吧？”

燕南北摇头笑道：“怎么会呢？薛大哥可不是小肚鸡肠之人！”

常玉婷又问：“薛大哥，玉婷天天缠磨你，让你陪我出来，归化城一带好去的地方都跑遍了，你烦不烦？”

燕南北笑道：“一点儿也不烦！你爹交代的都做好了，就等出发的日子了，左右没什么事儿了，薛大哥也愿意陪你出来！”

常玉婷幽幽地说道：“薛大哥，知道玉婷刚才为什么伤感吗？我想起昭君娘娘的《怨词》中的两句，‘翩翩之燕，远集西羌，高山峨峨，河水泱泱；父兮母兮，进阻且长，呜呼哀哉，忧心恻伤。’她是多么思念爹娘，想和家人团聚呀！可是最终还是落了个魂断异乡，孤坟独伫塞外！玉婷是为她心酸啊！”

燕南北淡淡地笑道：“玉婷，何必为古人伤怀？”

常玉婷摇摇头，忧伤地说："玉婷也是女人，最明白女人的心事儿了！昭君娘娘远嫁到塞外，虽有尊贵的地位，享受着荣华富贵，可作为一个女人，怎么可能割舍下亲情！不知梦里多少回，喊着爹娘，泪湿衣襟！就像玉婷年幼时，梦里哭喊我死去的娘一样！娘走得早，爹再未续弦，拉扯我和弟弟长大，最疼我这女儿了！如今爹也老了，玉婷又是待嫁之身，不知还能在他膝下尽孝多久？"

燕南北心头一阵阵揪痛，好一会儿才牵强地笑道："玉婷，怎么说起这些来了？咱俩不是出来高兴的吗？"

常玉婷幽怨地剜他一眼，随即把脸扭到那一边，轻轻地抽泣起来。

燕南北想安慰她，却不知从何说起，转而想到，自己就要一去不回了，留给她的是无尽的悲伤，到那时候，又有谁安慰她呢？一时间心灰意冷，痛苦地闭上了眼睛。

又不知过了多久，常玉婷终于扭过头，破涕笑了，难为情地说道："薛大哥，又是玉婷的不是了，玉婷再不会惹薛大哥厌烦了！"

燕南北强颜欢笑道："玉婷，薛大哥怎么会厌烦你！薛大哥只怕你不高兴！"

常玉婷的心情似乎好转了，有些害羞地笑道："薛大哥，你知道吗，上次玉婷从马上摔下来，咱俩共骑一匹马回家！其实啊，玉婷是故意从马上摔下来的，就为了让薛大哥你抱着玉婷！"

燕南北笑道："好你个玉婷，也不怕摔伤了，可把薛大哥吓坏了！"

常玉婷羞红着脸，低下头，蚊蝇般的小声央求道："薛大哥，玉婷还想和你共骑一匹马，让你从身后抱着玉婷！"

燕南北的脸也一下红了，嗫嚅了半天才说道："玉婷，这怎么可以？上次你是从马上摔下来了，薛大哥无奈才抱你！这光天化日的，再说咱俩还没……"

常玉婷俏脸一板，打断他的话，冷冷地说道："薛大哥，玉婷要不从马上摔下来，你就不会抱我是吗？那好，玉婷再从马上摔下来一回就是了！"说着，一咬玉唇，双腿一夹，飞驰而去。

燕南北顿时慌了，打马狂追，边追边喊："玉婷，你快停下来，薛大哥答应你了！"

喊了好多遍，常玉婷才停下来，勒转马头，掐着蛮腰，等在那里，一双杏眼脉脉含情，如花的脸上挂着胜利的笑……

燕南北浑然不知常玉婷跟在自己后面。

常万奎父子一大早去了归化城，挨个寺庙上香磕拜，祈求一路平安，太阳西沉了还没回来呢。

常玉婷独自吃过晚饭,闲着无聊,就想约燕南北出去转转,到柜上一问,说他刚出去,也就脚前脚后,忙跑出来追。见他匆匆往街北去了,刚想喊,眼珠一转,忙掩住嘴,心说,我倒要瞧瞧你去哪里,到时候突然跳出来,吓你一跳,那才好玩呢。就不远不近地尾随在后面。

燕南北进了鲍记全羊。和常玉婷的感情纠葛,随着行程的临近,让他愈发的痛苦不堪,就忍不住来找巴根,要他陪自己喝酒,也好向他吐吐心头的苦水。因为心神不定,就没察觉身后多了条尾巴。

常玉婷绕到对面,偷偷张望,见他要了酒菜,不由得好笑,心想,原来薛大哥也喜欢杯中之物。刚要跑进去,忽见掌柜从柜台出来,坐到燕南北对面,俩人很熟悉的样子,你一碗我一碗,有滋有味地喝了起来。这一来,她就不好意思进去了,踌躇半天,好几次迈出脚,又缩回去了,最后一跺脚,赌气回家了。

燕南北本来就没有酒量,连干这好几碗,马上就醉了,眼圈一红,抓住巴根的手说:"巴根叔叔,我不想伤害她!宁可伤害自己,也不想伤害她!巴根叔叔,您教教我,怎样才能既报了仇,又不伤害她!巴根叔叔,我求求您了!"

巴根冷冷地说:"没办法!她不该生在常家!这不是她的错,也不是你的错!这是长生天的安排!你俩注定是一头牛上的两个犄角,永远顶不到一起!你不会娶仇家的女儿,她也不会嫁给杀父仇人!孩子,你就认命吧,想开些,就不要折磨自己了!"

燕南北潸然道:"巴根叔叔,我不报仇了不行吗?报完仇又能如何呢?还不是生活在痛苦中?报仇之前是痛苦,报仇之后还是痛苦,还不如活在前一个痛苦中呢!"

巴根霍地站起,厉声说道:"南北,你这叫什么话!你爹娘在天上看着呢!你们汉人有句话:有仇不报非君子!何况是杀父杀母的大仇!为了个女人,放弃为爹娘报仇!你还算个男人吗?巴根叔叔瞧不起你!我们草原上没有这样的男人!"

燕南北伏在桌上呜呜哭道:"爹,娘,你们教教我,儿该怎么办,怎么办啊?儿心里苦透了,苦透了呀,呜呜……"

巴根长叹一声,走进里屋,把燕家商号那块牌匾抱来,解开黄绸,横立在燕南北对面的桌子上,然后薅着他脑后的辫子,让他的头抬起来,指着对面的牌匾说:"南北,你抬眼好好瞧瞧,那是什么?"

燕南北眨巴着泪眼,茫然地看了半天,突然浑身一激灵,打了个哆嗦,眼神中再没有了醉意，随即侧过头，弯下腰，吐了个昏天暗地。

巴根抱肩站在一旁，任凭他吐个够。直等再也吐不出东西，才给他端来一碗水，然后把地面收拾干净了。

燕南北喝过水，站起身，赧然一笑，深深一揖道："巴根叔叔，让您笑话了，也给您添累了！南北这就回去了！对了，这块匾我有用处，麻烦叔叔派个人，赶在我前头，送到香客来客栈，交给张三娘！马骏知道怎么做！"

巴根点头道："这事儿好办，叔叔一定给你送到！孩子，听叔叔一句劝，开弓没有回头箭，都到这节骨眼儿了，就不要瞻前顾后了，酒也不能再喝了，在常家人面前更要谨慎些才是！"

燕南北红着脸应道："是，南北省得了！"这才迈着有些虚飘的步子去了……

这一天的清晨，刚过五更，一百辆老倌车已经集结在包克图南门外的草地上。

老倌们把头牛拉过来，先给它披红挂彩，再在它面前摆上高桌，高桌上摆满点心大供，随后焚香敬表，所有老倌以及他们的家小们，还有这趟出行的雇主常家人等，全体如祭祖一般虔诚地给牛磕头，祈求头牛领好队，祈求上苍神灵保佑一路平安。

仪式完毕，供品喂给头牛吃掉后，在密集的鞭炮声中，常万奎父子坐进带毡围子的头车上，为首老倌一声吆喝，满载常家细软的老倌车队启程了。

正是塞外最好的季节，碧绿无暇的草地上，间或点缀着一些野花，姹紫嫣红，把茫茫草原打扮得更加妖娆。

嘎吱嘎吱的木轮滚动声中，老倌车队走出了有十里地。常万奎吩咐停下来，招呼儿子一起走下车，和送行的常玉婷、田大疙瘩和韩老五道别。

常玉婷把燕南北拉到一边，给他掸掸袍子上的灰尘，淡淡地笑道："薛大哥，玉婷最亲的人只有爹和弟弟，还有薛大哥你！你们都走了，玉婷心里慌慌的，总不是个滋味！爹上岁数了，弟弟还小，就要薛大哥多受累了！这一路上，替玉婷照顾好他们！"

燕南北强笑道："玉婷，你放心，我一定照顾好你爹和玉祥！如果有一点差错，薛大哥也不敢来见你了！"

常玉婷摇摇头，哀恳地望着他，幽幽地说道："薛大哥，不要有差错好吗？玉婷不想薛大哥不来见我！薛大哥不在身边，玉婷再不会快活了！"

燕南北不敢直视她明亮、深邃的眼神，却又回避不得，只好干笑两声，握着她的柔荑玉手说:“玉婷,你太多愁善感了!又不是生离死别,薛大哥很快就来接你了!”

常玉婷点点头,嫣然笑道:“真是的,我这是怎么了?薛大哥不几天就会来接玉婷,不是吗?只是对玉婷来说,不几天也够漫长的了!薛大哥,把你的镖留给玉婷一支,等得心烦意乱的时候,玉婷把它拿出来,眼前就好似站着薛大哥了!”

燕南北默默地拔出一支镖,放到她滑嫩的手掌心上。

常万奎召唤他俩,车队终于出发了。初阳刚爬上树梢,正是畜群出牧的时候,一辆辆牛车首尾相衔,夹杂在漫山遍野的畜群中,好似被前呼后拥着,向草原深处去了。

常玉婷目送车队渐行渐远,终于消失在苍翠的绿野上,这才恋恋不舍地收回目光,与田大疙瘩和韩老五调转马头,返回包克图。

快到南门的时候,常玉婷忽然问道:“田叔,街尾有家鲍记全羊,掌柜的是个一眼就能看出是蒙古族人的汉子,知道是什么来历吗?”

田大疙瘩点头笑道:“你说的这人叫巴根,在包克图待长的人都知道他!要说这人也不简单,原来是燕家商号的护卫队长!为人重感情,讲义气,燕子轩夫妇的尸体就是他驮回来安葬的!你怎么想起问他?”

常玉婷没有回答,眉头紧紧蹙在了一起……

夕阳垂挂在天边,晚霞如轻烟弥漫。牛乳般洁白的云朵,泛起淡淡的红晕。如峰似浪的沙坨,以及满坨丛生的沙蒿,仿佛抹上了一层浅浅的橘黄。

香客来客栈好似霞光中一座静谧的孤岛。

老倌车队碾着金灿灿的黄沙,嘎吱嘎吱地穿越晚霞,终于在太阳落山之前,如约抵达香客来客栈。

听到人喊马嘶牛叫,先迎出来的是矮骡子,接过燕南北手中马缰绳。随后,张三娘扭着柳腰,一阵风似的迎上来,抛着媚眼笑道:“薛兄弟,你可到了,桑大当家早早就到了,着急喝酒,正绕酒缸转磨磨呢!你再不来,他非跳进去不可!呦,这就是常大东家吧?好气派个人呀!快快往里请,三娘锅里的肉早烂糊了!”

常万奎客气地点点头,牵着儿子的手往里走。燕南北给张三娘使了个眼色,随着爷俩往里进。韩老五派出来护送的十几个好手跟在燕南北身后,也进了客栈。只有老倌们没有进去,停车开始就忙活搭帐篷,他们在外面过夜。

陈大辫子等候在厅堂，见燕南北进来，哈哈大笑道："好兄弟，可把你等到了，哥哥肚里的酒虫都快钻出嗓子眼儿了！

燕南北抱拳叫了声大哥，随即介绍道："这就是常大东家！"

陈大辫子抱拳哈哈笑道："久仰，久仰！要说和常大东家也是老交情了，只是常大东家是贵人，不肯亲身踏足我这贱地，让桑某难见首尾罢了！"

常万奎忙抱拳道："大当家见笑了！常某对大当家也是久仰的很！只是一向繁忙，未曾亲自来拜会，还望大当家见谅！前几日，常某还曾对薛海说，他与小女成亲之日，定要请到桑大当家，你我好共谋一醉！不曾想，这么快就能与大当家举杯欢饮了！"

陈大辫子哈哈笑道："好，好，欢饮要紧！快坐，快坐，咱边喝边唠！"

厅堂内摆了两桌酒席，一桌是给韩老五派来的弟兄准备的。这一桌，常万奎坐了主位，陈大辫子和燕南北分坐他两边，张三娘坐到陈大辫子下首，常玉祥坐到燕南北下首，再有就是陈大辫子山上的几个兄弟。

陈大辫子连连端碗，张三娘殷勤地劝酒，常万奎也频频回敬，一来二去，除了不喝酒的常玉祥，一桌人很快都有醉意了。

常万奎酒兴颇高。这是因为心情极好。一是安全到达香客来客栈，二是接下来的路多了桑大刀护送，更是高枕无忧了。他心中早有计划：等回了河曲老家，马上变卖老宅和地产，带儿女和薛海去京城，置办个大宅子，把女儿的婚事一办，所有事儿交给女儿女婿，自己再不抛头露面了，不信燕家的后人还能找到自己？他越想越高兴，就想再敬一碗酒，向桑大刀表达谢意。他一手端碗，一手扶桌角，刚想站起身，眼前一黑，伏在桌子上，就此人事不省了。与此同时，常玉祥也伏在了桌子上，另一张桌子上的十几人也东倒西歪地躺下了。

燕南北指着常玉祥说："他虽然昏迷了，可我还是不能当他的面杀他爹！把他送到后屋，不要伤害他！"

陈大辫子的两个兄弟抬着常玉祥下去了。

这时，矮骡子端来一碗凉水，燕南北扳起常万奎的头，陈大辫子撬开他的嘴，张三娘给他灌了进去，随后撒开手，让他伏回到桌子上。

常万奎很快醒了，捧着昏沉沉的头，茫然地眨眨眼睛，又左右看看，见身边还是那几个人，只是少了自己的儿子。

他刚想问，柜台那边有人说道："常大东家，久违了，还记得马骏吗？"

常万奎激灵一下，忙定睛望去，见柜台上坐着个人，跷着二郎腿，正嬉皮笑脸地朝自己做鬼脸。虽然隔了很多年，还是能依稀认出，正是马骏。马骏胸前还横抱着一块大匾，红底金字，上刻四个大字。却因为头昏脑涨，眼前阵阵发黑，一时看不清是什么字。

马骏把匾举了举，笑道："常大东家，你要好好看看，这东西和你可有很深的渊源！"

常万奎揉揉眼睛，细细端详，终于认清了那四个字，就好似遇到了毒蛇，霎时间面无血色，颤抖着嗓音叫道："快，快，他就是马骏！桑大当家，快把他杀了！"

陈大辫子冷冷地说道："杀不得，他是我们一帮兄弟的大当家！"

常万奎傻愣了片刻，一下跳起来，抓住燕南北的胳膊，连连摇晃道："薛海，快，咱们落入圈套了，不要管我，快去救了玉祥，带他闯出去！"

燕南北甩脱他的手，淡淡地说道："我不叫薛海！我姓燕，大名南北！"

常万奎双腿一软，扑通坐倒在地上，随即爬起来，连连后退道："你，你，你就是燕子轩的儿子？"

燕南北站起身，冷冷地盯着他说道："不错，我就是他儿子！"随后指着张三娘说："她姓张，她爹就是张贵，你还有什么话要说？"

常万奎后背紧贴着墙，一双眼睛好似死鱼眼，没有一点生气，哆嗦着嘴角喃喃道："我无话可说，无话可说！"连说了几遍，突然一脚踢飞身旁的一把凳子，挺直了腰，瞪着眼珠发狠道："无非一死，我常万奎认了！只求你们放过我儿，他还是孩子，一切和他无关！你们要敢伤害他，我就是变成鬼，也不会放过你们！"

马骏扑哧笑道："常大东家，马骏要没记错，当年你买的可是四个人头，其中就有燕南北，他当年可比你儿子现在小多了！"

常万奎颓然坐到地上，绝望地闭上了眼睛。

燕南北拔出腰刀，抛给他，冷冷地说道："姓常的，你放心去！看在玉婷的情分上，我不会伤害玉祥，也不会让别人伤害他！你自己了断了吧！"

常万奎霍地睁开双眼，一骨碌爬起来，给燕南北作了一揖，老泪纵横地说道："好孩子，不怪玉婷喜欢你！唉，我这是何苦来由！害了你爹娘，害了张贵一家三口，也害得自己十几年如一日，饱受内心的折磨！临到了，又伤了女儿的心，可怜她对你的一片痴情！也罢，人死灯灭，也就一了百了！"说着，弯下腰去拿那把刀。

就在这时候，外面有人凄厉地喊道："爹！不要！"随即，门咣当一声被踢开了，常玉婷冷若冰霜地站在门口。

一阵难耐的死寂之后，燕南北和常万奎异口同声问道："玉婷，你怎么来了?”

常玉婷在众目睽睽之下,平静地走到常万奎面前,亲热地叫了声爹,甜甜地笑道:“爹,瞧你,怎么哭的跟孩子似的,来,婷儿帮你擦了吧!”说着,轻轻拭去他脸上的泪。随后转过身,站到燕南北面前,凄婉地笑道:“薛大哥,不,应该是燕大哥!玉婷能不来谢谢你吗?谢谢你出的好主意,让爹把我留在包克图,就不必看到你快意恩仇、杀我爹的大好场面了!”

燕南北叫了声玉婷,痛苦地低下头。

常玉婷眼中泪花闪烁,脸上却始终挂着笑,徐徐说道:“记得就在这家客栈,和燕大哥相见相识!燕大哥谈吐非凡,古道热肠,让玉婷一见倾心!次日,救玉婷于荒山野岭,谈笑间击杀三名悍匪,那份潇洒,那份英雄气概,让玉婷更增爱慕,以至难以自拔!之后,意外重逢!玉婷欢喜之余,百思不得其解,以燕大哥如此武功才智,怎会投靠我常家做个小伙计?转念一想,也许是上天眷念我相思之苦,特意把薛大哥送到玉婷身边,也就不愿多想了!自你来我常家,先是贾元叔叔遇害,随后是马伯父三兄弟,所有一切围绕着爹,也围绕着燕家的惨案!我也听到过传闻,说买你爹娘人头的是我爹,杀张内柜一家三口的也是我爹,可我从来没相信过!在玉婷眼里,爹是那么慈祥可亲,怎么可能是大恶人!可是,得知马伯父就是飞龙,玉婷的心彻底凉了,已相信传闻全都是真的了!可是,那又能如何呢?他依然是玉婷的爹,亲亲的爹,血脉相通、骨肉相连的爹!从那时候起,玉婷就开始怀疑你了,却更加亲近你了,不是为找你的破绽,而是想给自己找出怀疑错了的理由!可是,玉婷很快就失望了!薛大哥,不,燕大哥,你不是个好戏子,我却是个眼光刁钻的老戏迷!我甚至通过你的眼神读出了你内心的痛苦!你以为只有你在痛苦,那时候,玉婷的心就已经碎了……”

燕南北泪流满面地说道:“玉婷,不要再说了,好吗!”

常玉婷凄然一笑,轻轻点头道:“不说了,不说了,说再多也于事无补,只会平添你我心头之痛!爹欠下的血债,就用血来偿还好了!古有花木兰代父从军,今日,玉婷追来,是要代父一死!就以玉婷一条薄命,了结了这段恩怨吧!燕大哥,不,薛大哥,你我有缘来生再见!”说到这时,她已是一脸决然,手中紧握那支镖,最后深情地看了一眼燕南北,一咬银牙,猛刺向自己的咽喉……

燕南北和常万奎一起喊着:“玉婷,不要!”扑了上去。可是都晚了一步,只赶上接住她软软下滑的身体。

常万奎抱着女儿号啕大哭,突然,他一把推开默默垂泪的燕南北,抓起脚下的刀站起来,哈哈大笑道:“好丫头,不愧是我常万奎的种!你以为爹怕死吗?

爹不怕，爹只怕牵连我的婷儿和祥儿！你这傻丫头，怎么可以走在爹的前头？爹作下的孽，爹自己承受好了！好孩子，你等等爹，爹这就去找你，爹领你去京城，爹在京城给你筹办嫁妆！”说到这里，他双手握刀，猛地划过自己的脖子，顿时鲜血喷涌，缓缓跪倒在女儿身边。

屋内死一般的寂静，所有人都被眼前这惨绝人寰的一幕惊呆了。

就在这死寂中，燕南北抱起常玉婷的尸体，走出香客来客栈，一步步登上一座高高的沙坨子，双膝跪倒，仰天悲啸道：“天啊……”

其时，远天一抹残霞如血，在渐渐凝重的夜色中黯淡。夜风渐急，穿越茫茫草地、漫漫荒沙，携带着酷冷，混合着腥气，一阵阵，仿佛抽打在他的心头。

那一抹如血的残霞，或许真就是血染成的吧……